苏海龙◎著

落日下的葵花地

杨宏峰◎主编

回族当代文学典藏丛书

黄河出版传媒集团
宁夏人民出版社

图书在版编目（CIP）数据

落日下的葵花地／苏海龙著. —银川：宁夏人民出版社，2015.4
（回族当代文学典藏丛书／杨宏峰主编）
ISBN 978-7-227-06017-8

Ⅰ.①落… Ⅱ.①苏… Ⅲ.①散文集—中国—当代 Ⅳ.①I267

中国版本图书馆CIP数据核字（2015）第069112号

回族当代文学典藏丛书　　杨宏峰　主编
落日下的葵花地　　苏海龙　著

责任编辑　管世献　李彦斌
封面设计　石　磊
责任印制　肖　艳

黄河出版传媒集团
宁夏人民出版社　出版发行

地　　址　银川市北京东路139号出版大厦（750001）
网　　址　http://www.yrpubm.com
网上书店　http://www.hh-book.com
电子信箱　renminshe@yrpubm.com
邮购电话　0951-5052104
经　　销　全国新华书店
印刷装订　宁夏报业传媒印刷有限公司
印刷委托书号　（宁）0016910

开　　本　880 mm×1230 mm　1/32
印　　张　7.375
字　　数　160千字
印　　数　2200册
版　　次　2015年4月第1版
印　　次　2015年4月第1次印刷
书　　号　ISBN 978-7-227-06017-8/Ⅰ·1509

定　　价　26.00元

回族当代文学典藏丛书

主　编　杨宏峰

副主编　石彦伟　石舒清　李有智

苏海龙

笔名天山，回族，1965年11月出生于新疆博尔塔拉。从事过编辑、记者、国际经贸等工作，现供职于新疆艺术研究所，副研究员。作品散见于《回族文学》等报刊及桥网、中穆网等网络，系回族最早投身网络文学创作的代表性作家之一。作品入选《新时期中国少数民族文学作品选集·回族卷》等。系新疆作家协会会员。

承智慧世，回族文学之时代乐章[1]

杨宏峰

在全球化语境中，面对世界文学与中国文学的迅速发展与变化，民族心理结构的重组与来自各种渠道的文化交汇，当下的回族文学正处于觉醒与嬗变、返璞与升华之阶段，明显表现出一种认知本土、多维建构之态势，并取得了令世人瞩目之成就。这是广大回族作家选择既开放又坚守之文化策略，以其先进性与科学性认知回族文学的价值取向与民族现代性之建构。

回族文学是中国文学这个大系统中的一个重要组成部分。拥有丰富多样的民间口头文学遗产，其历史悠久、区域性影响广泛，同中亚与西亚以及世界历史文化有着密切联系，同时拥有众多作家创作的书面文学传统，构成现代文学之雄厚基础，成为考察其回族现代民族性之前提与依据。华夏独特的地理环境形成的文化积淀，孕育了丰富多彩而又极具特质的物质与精神文化，从古代回族神话、口头文学一直延续到当代回族作家文学，其间浩浩乎经历了几百年之历史烟云，成就了璀璨的回

①本文系第二批“回族当代文学典藏丛书”之总序，本“总序”在第一批丛书“总序”的基础上做了部分修改。

族文化。尤其是近代以来，回族作家文学浸润着古老的民族文化精神，凸显着一股蓬勃鲜活之气。回族文学在新时期以来的发展，基础扎实、步伐持重，故成就突出，百花满园，涌现出了强大的文学队伍，老中青三代回族作家形成了一个特殊的文学艺术共同体，共同体成员拥有丰富的民族文化遗产，并在文化想象与文化表达上具有一致性，皆能展现出其独特的自我意识。他们共同努力，勤奋耕耘，一批叫得响、立得住、受读者欢迎的精品力作不断涌出，不仅在少数民族文学界形成优势阵容，在中国文学长廊里亦是一道亮丽的风景。宁夏人民出版社历来关注和助推回族文学的发展，力荐优秀作家与作品，为回族文化留下丰富的心灵传记与动人的时代乐章，这是我们一贯坚持的主张。在20世纪八九十年代，我们就曾推出一套“当代回族作家丛书”，相继编辑出版了木斧、胡奇、张承志、马犁、马连义、张宝申等在中国文坛具有代表性的一批回族作家的作品。

后来，又陆续策划出版了一批以回族题材为特色的文学作品和理论著作，有力地促进了回族文学的持续发展与繁荣。这一时期的回族文学，在历史记忆、文化想象、族群认同等方面，具有特别重要的意义，并呈现出一派欣欣向荣之局面。文学的民族性是以该民族的世界观、价值观、美学观作为一种本质性之精神实体，艺术地表达一定社会与民族独特的历史与精神生活，在精神与实践之具体运动过程中不断变化与深化，并在文学文本中圆满地得到反映。民族文学一方面体现民族历史、社会特征，另一方面展示地域文化形态，两方面皆存在于民族文学的每一个结构层面里，最终体现在多层面组成的民族文学总体风格特色中。一个民族总是生存在特定之社会环境中，传承着特定的文化基因，有同其他民族文化特定之交汇，这是寻觅民族文化心理轨迹之出发点。长期的游牧农耕文化铸就了少数民族有别于其他民族之特性，这就是少数民族文学生存繁荣之土壤。在民族社会生活之表层，揭示出一种深刻的意蕴，亦即那些能够左右一个民族的生存与发展之特质，民族赖以生存之自然地理环境，特有之历史文化氛围以及特定的文化归属、情感归属、灵魂归属、信念归属、民族心理结构与民族性格。回族作家追溯本民族特定之精神文化与族群记忆，并对文化的积淀、地域的影响、生活的特质与当下现实进行深入探索，通过异彩纷呈的民族生活、特有的民族韵味，创作出了具有民族审美特质的作品。作品挖掘民族精神，向世人展示回族人民的勤劳质朴、豪爽宽厚、勇敢机智的性格内涵；让世人真实地了解到这一民族之所以在历史长河中生生不息、不断发展之内在因素。与此同时，回族有着很强的内聚力，这是回族人民生存之需要。有许多有识回族作家反思内聚力之二重性，在讴歌本民族这种内聚力所形成的勤奋耐劳、不屈不挠的精神之同时，还揭示了这种内聚力的消极之一面，即它所带来的封闭、对新事物的不敏感等，皆是阻碍本民族进步之痼疾。很多回族作家的作品触及与揭示了这些心理细节之复杂内涵，这表明了回族作家已经认识到困扰本民族发展之因素，这种反思与觉醒，对于文学的发展有着积极的助推作用。

每个时代的乐师，皆应弹奏出自己时代之乐章。时代精神既包含着现代意识，又囊括了当下人们可以感知的文学风格、审美习性、哲学思考、价值取向、社会情绪等多种社会基因。由于历史的变迁与各民族之融合，回族文学正处于动态变化与不断被创造之过程中。当下民族经济生活从自然形态逐步向市场化形态转变，从而导致了民族心理结构之重组与来自各种渠道的文化交汇。全新的经济格局以及新的社会心理与理念，既令人惶惑又令人兴奋地进入现代场景的五彩生活之中。在这种精神交汇、思潮辐辏之当代场景里，一向以稳重、庄严著称的少数民族文化也与其他文化一样，表现出顺应与参与之积极态度。在当今社会转型期，这种特质遭遇着前所未有之文学嬗变，新时期以来回族文学之实践也愈来愈表明了这种嬗变之不可抗拒性。故现在对回族作家作品或某种文学现象进行界定时，我们已失去了往日文学批评所表现出的轻松与从容，已经很难用回族固有之思维习惯、审美判断、情感表达方式来明确界定，这是回族文学自身在发展中带来的质的增生，也是对新的叙事模式的一种激情召唤。在这种文化愉悦交汇与思潮尽情辐辏的当代场景中，自然亦形成了现代理念与传统理念双重意识观照下的当代回族文学的时代特征与价值判断。特别是进入20世纪80年代以后，回族文学的发展出现了崭新之局面，涌现出了一大批作家作品。这个时期的回族作家较之五六十年代的回族作家，显然有了更自觉更强烈的民族文化归属感，对于民族文化、民族精神也有了更深入之认识与感受。在创作上，他们不满足于从表象上表达民族特色，而是努力深入到民族生活、民族思维、民族心理、民族情感的更深层次中去，深入挖掘民族文化、民族精神在人物内心世界中之积淀及其变化，力求在创作中将民族化与现代化、民族意识与现代意识、民族特色与时代精神较好结合起来，从而将民族的生存状态与文化性格揭示出来。从20世纪80年代到世纪末的回族文学，在民族性上，显然得到了极大的强化与普遍认同。这个时期的回族文学创作，其现代生态主义写作已进入了他们的写作视野，突出表现了在中国最浩渺、广阔的人文地理空间、人与环境及其他生态之特殊遗存关系。宏大叙事不再“一枝独秀”；许多作品视角下移，通过描绘普通人、底层与草根故事，把时代精神、民族精神的成长还原为具体人的精神成长，放大了人性描写，从而受到文坛关注。在创作方法上也主张多元共存，叙事类型、叙事视角、叙事模式与叙事手法皆逐渐呈现出多样化与个性化之趋势。很多回族作家在通过作品体现民族性上，有了一种自觉意识，有了文化归属感；在创作中描绘民族生活、表现民族的生存状况，皆更加凸显了民族性。这个时期的作品，与作为主流文学的汉族文学作品相比，没有停留在表现民族性的表象上，而是从精神之层面，从思想理念与心理情感之层面去揭示民族性，作品所呈现给读者的更多的是一种异质文化表象图景。在很大程度上，读者与社会也正是从这种异质文化图景来接受作品的。这种异质文化图景与民族性是一致的，并且凝结为一种精神动力，一种文化品格。

很显然，文学的民族性之形成与获得是一个建构的实践过程，在这个过程中，身份认同、文化想象具有特别重要之意义。人类学家科班说：“任何地域共同体，只要其成员意识到自己作为一个共同体成员的存在，并希望维持他们的共同体的整体性，就是一个民族。”(耶尔·塔米尔：《自由主义的民族主义》，上海世纪出版集团，2005年版，第59页)对作为民族实体的共同体之认同，将自己看成是共同体中之一员，在共同体中确定自己的文化身份，这是形成民族性之首要一步，也是最关键之一步。如果没有这种身份上之自觉认同，也就不会有民族性之形成。但这里的认同，不仅仅是一种身份之认同，不是那种一厢情愿地认为我就是那个民族的简单表述，更重要的是，它体现了一种文化的归属感。即是说，认同共同体的历史记忆，认同共同体的文化行为与文化价值，认同共同体的精神信仰；在想象中，将自己的命运与共同体的命运联系在一起，将自己的信仰、情感、价值理念等归属于共同体中，从共同体中寻找历史渊源、精神渊源、文化渊源、情感渊源，在共同体中塑造与被塑造。在很大程度上，我们可以说，文学的民族性是在文化想象中建构起来的。

决定一个共同体之成为共同体的是文化，体现民族文学中民族性的也是文化。民族文学怎样获得民族性，说直接一些就是怎样表达民族文化与民族精神。从本质上来看，文化是日常性的，就是人们日常之生活，人们的行为模式、思维方式、情感形式，人们的精神信仰，以及人们为表达精神信仰所创造的一系列仪式符号。建构民族文学的民族性，就是要求作家在文学中表达民族的生活，关注民族个体生命的存在状态与现实处境，从民族之日常生活中发现民族精神与文化品格，皆是民族命运。而要表达民族生活，揭示民族命运，更重要的是需要我们的回族作家有丰富的文化想象力与感受力，而这种想象力与感受力则是在回族作家对民族文化、民族传统、民族日常生活有皈依感之前提下才能获得的。回族作家对民族文化、民族传统、民族生活之认同，对于作品民族性之获得，是具有决定意义的。“生活在自己的民族中具有更多的优点。它提供了被重要的他者承认的可能性，不管这个他者是自己的长辈还是同辈。他们理解我，就像我理解他们一样。而这种理解在我的内部创造了在这个世界上我并非无足轻重的感觉……民族生活使个体能够享受到一定程度的、光凭自身不能体验的自我实现。”(耶尔·塔米尔：《自由主义的民族主义》，上海世纪出版集团，2005年版，第80页)当民族与民族生活对我们的回族作家有这样的意义的时候，回族作家创作中的民族性，就一定是一个自然之过程。亦即说，回到民族文化中去，回到民族传统中去，回到民族生活中去。这样，回族文学的民族性就一定能够得到彰显与强化，这是保证回族文学获得民族性之根本。

透过这些散发着浓郁回族民族特色的文学作品，我们看到了一个承载着坚韧、清洁、挺拔与希望的博大、宽厚的精神载体，看到了记录时代、紧贴大地、挖掘普通人内心世界的民间情怀，此乃源于回族作家对生活的丰厚积累和深刻洞察。这些作品，是对回族优秀文明及其精神信仰之依赖与传承，也是对当下时代的某种浮躁之风的抵阻。因为昨天的文化自觉，回族作家开始了对自我的审视与书写；因为今天这些作品的呈现，使我们对未来的回族文学充满更多的文化自信与美学期待。

我们由衷地希望这套“回族当代文学典藏丛书”所传递的民族精神延伸至全国与世界。因为回族文学的意义与价值，不仅在于对本民族的精神表达与民族性建构，还为构建文化强国贡献着独有的精神智慧；即便在全球化语境中，回族文学对维系民族文化的多样性、丰富性，并拓展华夏文明与世界文化对话，仍有不可替代之效用。我想，这正是“智慧天下”之意涵所在。

目 录 CONTENTS

雅尔木图

最近几年，常梦见雅尔木图。

梦境中的她是一片铁灰色的景象：苍苍莽原，惨淡月光，地平线上堆积着大团大团的云块——雅尔克河就从云块的间隙中流出，闪着白光，蛇一样逶迤在阿拉套山脉之下的扇形滩坡上。世界简单了，阴霾的天空和亘古沉寂的原野，与我同在死一般的睡梦中。

雅尔克河两畔，是由西北向东南倾斜的青灰色草原，山上滚落的石头，杂乱无章地戳在草坡上。在高岗和低洼处，散布着雕琢得十分拙朴的石人像，裸露在地表的黑石面上，也能看见牛头马面或者一群舞棍弄棒小人儿的刻画。农场中学的上海知青看见后，给领导提意见说，这是原始社会的遗迹，应该保护起来。等到雅尔克干渠动工修建，那些石人石像都被拉去垫了渠底，雅尔木图的“原始社会”就这样结束了。雅尔木图没有历史，雅尔克农场的建立，让她一跃进入社会主义的农耕文明。

雅尔木图还有一个“托里”的蒙古名，缘于此地是一位蒙古王爷的封地，不过游牧的多数是哈萨克人，“托里”这个名字并不在很多人嘴里。20世纪70年代，当地建立邮政，结束了托人带信的历史，白底黑字的牌子上写着“托里邮政所”，看来行政和民间经常是不相干的两条道。农场的汉族职工又送她一个“羊毛滩”的名字，是滩上细密的绒草像羊毛呢，还是滩上的荆棘经常挂着羊毛？我疑心可能是Yaer-mut的转音，只是没人能说清楚。

雅尔克农场职工主要是汉族、哈萨克族和蒙古族。前者来自进疆部队，以湘人、川人为主，从事农业；后者来自三区民族军（三区民族军是著名的新疆“三区革命”武装部队，1950年1月改编为中国人民解放军第五军）复转军人，从事牧业。雅尔克河把农场分成东西两部分，东面是农区，西面是牧区。在我记事的时候，雅尔克河道就是一条石头滩，一条干渠在它的上游截流，雅尔克河成了在石缝间游走的小溪。我家在东岸，挨着马号，与连队住家还有一些距离。我父亲在连队养马赶车，又是回民，大家都叫他“马班长”，虽然我们并不姓马。

我出生在这个农场，雅尔木图就是我的母亲。人生的颠沛流离，生活的五颜六色并没有冲淡少年的记忆，相反更加深刻了，甚至连回忆都有了固定的色彩和凝重。铁灰色的雅尔木图，就是我童年和少年的颜色。

一

雅尔木图的冬天漫长且寒冷，备冬燃料是农场每个家庭入秋以来的大事。冬天，公家给每户补助两吨烤火煤，不够烧，要到雅尔克河下游的咸湖滩上砍柴火。20世纪70年代，滩上的岔岔湾湾长满胡杨树，它们老老少少挤在一起，根深叶茂。每个冬天，它们中的一部分都要变成劈柴，填进各家各户各式各样的炉膛里，化作烟霭，沉重地笼罩在雅尔克农场各个居民点上空，久久不散。

父亲月工资三十六元，要养活一家人，每年的烤火煤都便宜让给别人家了，冬天烧什么呢？烧羊粪块子。

牲畜的粪可以燃火。反刍类动物的干粪火势很旺，驼粪、牛粪和羊粪都是极好的燃料。松散的干粪很容易燃烧，青烟袅袅，但产生的热量却远不及坚硬的粪块强烈和持久。粪块不容易点燃，必须借助梭梭刺和劈柴引火。燃烧时火苗呈蓝紫色，火炽很硬，温度极高。我父亲说，上辈人打铁，就用粪块子壮炉膛，管它是多冰多硬的铁，烧得红了、白了、淌水了，就是一哈哈的事。

所谓羊粪块子，就是老羊圈里的陈年圈底。没有人跟我们争抢这个福利，农场的汉人家庭是不烧羊粪的，嫌气味难闻。或者还有一个原因，能烧得起煤炭毕竟也是一种身份和排场，即便是每年都发生中毒，“让煤烟子打了”，出现死人的事，也难改习惯。而我自幼就喜欢羊粪的烟火气味儿，在羊粪灰烬中煨出的洋芋更是我的最爱。

河西山坡下有很多羊圈，九月底以后，羊群开始转往冬窝子，父亲就带着我和二哥，拉着架子车，一个圈一个圈地起羊粪块子。天色微明，父亲就把我们叫起，包上些馍馍，抱上两个西瓜，带上镐头、铁锨等工具，我们就上路了。父亲走在前面，盲人二哥拉着架子车跟着，我抓着车梆子，迷迷糊糊地走。出庄子的时候，家里的大黑狗要是看见我们，远远地就跑来跟着。

这只狗是放羊的哈萨克人送给我们看家的，从没有拴过，一到晚上，它就以守护整个连队为己任。月黑风高，常听见它低吼着从院前急速跑过，不知在追撵什么。小时候鬼故事听多了，半夜起来解手是件犯难的事，但只要听见门响，黑狗就会从想不到的地方跑出来，呜呜叫着，让人有了在黑夜中站立的勇气。

回族家庭从来不让狗进屋子。家里的花猫和黑狗打斗时，不用爬树上墙，紧急关头跳过门槛就进了安全区，可以回头继续挑衅怏怏然的黑狗。母亲禁止我触摸黑狗。有次背过人，我痛快地摸了黑狗的鼻子、脸和脊背，把个黑狗激动地绕着我身体扭成了半圆。黑狗总要在转场时节失踪一阵子，如果不被其他牧羊犬排斥，它会随便跟上一个羊群，像个流浪汉似的游荡半月一月。黑狗回来的时候，性格就会有些变化。它大大咧咧地跨过门槛，朝屋里探进半个身子，耷拉着湿乎乎的舌头四处张望，对我母亲的呵斥、咒骂反应迟钝。

那时还没有给狗起名字的习惯，黑狗没有名字，唤它时，随便发出什么声音都行。

晨曦中一串清瘦的黑影在山坡移动。到达十公里外的大羊圈，太阳已升高了。馍馍就西瓜，或者还有几个煮鸡蛋，就算是吃了早饭。这个羊圈是父亲放马时早看好的，墙很厚，使用那种看上去很尖锐的大石块砌成，缺豁处用滩上的卵石胡乱砌补，显然是后面随意做的。羊圈没有门，牧民转场时把门也带走了。不过圈底还算平整、厚实，父亲用镐头挖了几下看看深浅，说，把这圈羊粪块子起完，一冬天的烧头够了。

父亲找了个下手的地方，挖出一条沟坎，指挥着二哥用钢钎撬。起羊粪块子有技巧，找好力点，一下子能撬起一两个平米。块子越大、越厚越好搬运，也经烧。羊粪块子撬起时，拉扯着连缀的草根发出嘣断的声响。我在一边干清理的活儿，一边用瓦刀把粪块底子粘的石头子收拾干净。

粪块底子里经常有些意想不到的发现，纽扣、马蹄铁、皮带环等牧民遗下的东西，那天竟然抠出两个锈黑的子弹壳。弹壳比连队配发的半自动步枪子弹略长，一看就是老式枪弹。父亲接过弹壳看了一会儿不言语，又走出羊圈仔细查看了圈墙后说，你照，枪子子崩脱哈的。我留意看那些砌墙的石块上，的确有被硬物打出的很多坑眼。

接下来还是沉闷地干活儿，但我却一直在走神。圈内的弹壳有可能是牧民开枪驱狼留下的，外墙那么多的坑点又咋说呢？父亲回答我的疑问说，这达压过火线哩！于是开始想象电影中看到的各种各样的战斗场面，只是搞不清，谁会在这样一处荒凉地方打一仗呢？

“过来照一哈，是啥？”父亲在内墙的一块青石上发现几个刻字。刻痕不清楚，凑近只能依稀辨出“呆街或家”四个汉字。我说这是在街上或在家里的意思。——对着吗？父亲一脸茫然，有点不相信。父亲当过“国军”的骑兵，虽然没有真正在战场上拼杀过，但作为震慑力量驻扎在两军对峙的要塞，照他的话说，是“压过火线的”。因为有弹壳、弹痕和刻字，这个羊圈在他看来已经非常神秘。

父亲嘱咐我们不要张扬，怕招惹是非，以后起不成羊粪块子了。在口舌之快和受寒挨冻之间，尤其是我们在连队那种边缘化生活环境里，我知道该选择什么。

这个羊圈的粪块子出奇的好。虽然那年冬天雪很大、天很冷，但因为有高高的一垛燃料，家里放心地烧着炉子，里外间都暖烘烘的。晚上我还要削些洋芋片贴在炉盘上，白白的洋芋片吱吱响着鼓起泡来，变得焦黄，成了口中美味。母亲在炉子上搁着平底锅，用筷子头上绑着的软布蘸点清油涂抹锅底，借着余烬烙玉米面饼——这是我第二天上学的午饭。

有天晚上，我们被一声炸响惊醒，点灯看时，屋里烟尘弥漫，灰烬四散，连黑狗都忘了规矩，撞开门冲进屋里。母亲惊吓得手足无措，不知道发生了什么事。父亲开始也紧张，过会儿就沉默不语了。第二天，见二哥闷着头笑，我缠着问，二哥掰过我的头凑在耳边说，是粪块子里的子弹烧炸了。

二

好在天气正在转暖，春天到了。

连队通向场部学校的路两边，野蒜苗顶出了地面，扑面而来的是咸湿的草腥气。初中生的我，已在这条路上走了六年。融雪让雅尔克的这条浅滩有了点河的模样，过河不成问题，河床上满是浑圆的石头。

放学早的时候，我并不急着回家，书包里总藏着一本书，是从连队的仓库里偷出来的，《晋阳秋》《林海雪原》《小城春秋》等，在20世纪70年代初，这些都是“反动书”，不能示人的。对书的入迷，使我远离玩伴，孤僻自闭。草地上有一块马鞍状的石头，坐仰由人，令人十分惬意。我在那个石椅上看书，直到纸面上的光影变作金黄色，才起身回家。

有段时间我的坐石被人占了，入侵者是个牧羊人。

他和羊群总是在放学的时候出现在那里。远远见他双手抱头架着腿仰卧在石头上，听到我走近就忽地坐起，黑里透红的脸上似笑非笑的表情让人发怵。这是个哈萨克人！连队的汉人常常分不清维吾尔人、哈萨克人，甚至连极好辨认的蒙古人也分不清，但我自小就具有这种辨别族属的眼力。

在我想要从十几步远的地方绕过去时，他喊住了我，从挎包里掏出酸奶疙瘩。那时候正长身体，一直处在一种半饥饿状态，对食物特别亲近，奶疙瘩放进嘴里，眼睛一下子就亮起来，我们就这样成了朋友。

以后每天都能从他那里得到一两块奶疙瘩，让我放学后饥肠辘辘的肚腹得到慰藉。哈萨克人不像汉人那样讲究齿序辈分，我们相差三十多岁，一样相处得和兄弟一样。他叫达瓦利，能说一些汉语，也给我教几句简单哈萨克语。为了表示友谊，我给他显露我的书，给他讲书上看来的故事，比如《林海雪原》，他就非常喜欢听。

他放着一群山羊。按常理，山羊是头羊，在羊群里一般只有几只，而这样一百多只的一群山羊实在不可思议。山羊很调皮，上墙爬树钻苞谷地，很难管理。达瓦利说，他是政委，是管干部的。“我们是部队嘛，这些都是干部”，他指着山羊们说，“以后都要分到连队去，当连长指导员”。他的声音哑哑的。

需要说明的是，与牧业分场隔河相望的雅尔克农场一连只有我们一家回民，一直是单门独院。我家也是转场牧民和县城来打柴的维吾尔人经常歇脚喝茶的地方，母亲对他们很热情，这些客人也时常给我们一些馈赠，比如酥油、奶疙瘩、葡萄干或者白玉米馕之类的。河西分场牧业连的民族干部来一连办事，都是在我家吃饭，我父亲在牧民中很有人缘，可以随便到他们的羊圈里起羊粪块子。年幼时就感到自己和周围的伙伴不是一类人，每当这些娃娃追着骑马的哈萨克人和赶驴车的维吾尔老汉扬土、扔石头，喊着“哈老维”的时候，我都在最后面站着，看着那些黑条绒大衣一颠一颠地远去。

一个阴沉的下午，乌云悬在头顶，远处传来雷鸣声。我给达瓦利卖弄学校里讲的雷电知识，他哈哈大笑说雷是不伤害我们这样的人的，胡达管着它呢！胡达管着天上地下的所有东西，给我们吃的、穿的、用的，将来还要给你一个女人。

我自小就听惯母亲和老姨娘们念叨“胡达”，但跟在后面的不是“罪行”和“不饶恕”等话，就是对某人某事的诅咒，感觉“胡达”很恐怖，不愿在想象中接近。上学后，认为“胡达”是像我父母这般没文化的人编出来吓唬人的，因为无论课本上还是我偷看着的那些书中，都没有他的影子。不过，当听到达瓦利呼唤“胡达”时，有一种甜蜜、亲切、随和与自然，这种清新的印象一下就注入我的意识中。

达瓦利从装奶疙瘩的挎包里掏出个绸布包裹，打开是本褐色皮面硬装书，书名在皮面上压膜，手触的凸凹感和天光下的字影轮廓，直面给人一种高贵和神秘。我是第一次见到这样的书。达瓦利捧着书在额头上碰了一下，翻开书页念道：

"比斯敏俩希热赫玛尼热黑米——"

他说这是"古兰"，是苏联的一个叫撒马尔罕的地方印的，有七十年了。那天他教我念一段经文，很多年以后我才知道，那段经文是《古兰经·忠诚》（第一一二章。中国社会科学出版社1996年版。——编者注）。

几天后，我把这段经文背给父母听。他们面面相觑，虔敬地、诚惶诚恐地面对这突如其来毫无征兆的变化。"胡达啊，你言传了！"母亲低声叨念着。镇定下来的父亲开始用纯正的宁夏方言帮我纠正一些听起来"不对"的发音。受到达瓦利的鼓励，父亲从此便教我背记"索勒"。母亲说，你大年轻时跟过阿訇，会好多念头哩！她欣慰于这种父传子受的学经，认为这才是"穆民"的当然。母亲欣喜地迎接着久久期待的改变，信仰的回归正在战胜现实的恐惧，重要的是，对后世打算的忧虑也似乎开始减轻了。1975年春末，雅尔克河东岸岗上的泥土房里，在厚厚的窗帘背后，可以听到父亲诵读《法蒂哈》的声音了。

母亲坚持请来达瓦利到家里吃了顿饭。自此之后，他成了我家的常客。听他说，他是在阿拉木图念的医校，曾是民族军的卫生员，转业后在牧业分场当兽医，后来不知咋回事，兽医也不干了。达瓦利没有妻子，也没有孩子，他把我家当成自己家了，喝醉时就展展地睡在外间炕上，放任那群长胡子的“干部们”上墙爬树、钻苞谷地祸害庄稼。达瓦利能看懂经书，却不守礼拜，平时服装整齐，温文尔雅，又时常莫名其妙地喝醉。在我母亲劝导时，他号啕大哭，把年长他不到十岁的我母亲叫妈妈。背过人时父母议论道，他和咱们怕走不到一搭里。渐渐地达瓦利就来得少了。后来兵团恢复，牧业分场划归地方并从雅尔木图迁走，就再也没有达瓦利的消息。

三

雅尔木图的夏天到了。

八月是河西牧民最难挨的月份，干燥少雨，草场迅速颓败，而此时还不到转场的时候。春天生下的羊羔、马驹，使草原上的牲畜数量徒增一倍。这些牲畜中的青少年望着河东郁郁葱葱的庄稼地，难以抑制的冲动让它们一次次地越过河滩，冲进东岸茂密的青纱帐里。

连队的看青员疲于奔命，驱赶，捕获，放掉。几乎每天都有牲畜被关进我家相邻的马号里，等着对岸来人索要。有时是女人和孩子来，一句汉语不会，认准哪个是管事的，就死死跟着。连队一个爱咋呼的职工看热闹时多说了几句话，被误以为是领导，母子们一直跟到家里的饭桌前，脱不了身。当然，解决问题还要男人出面，皮肤黝黑的牧民在马灯下写检查，那时使用新文字，会说话就能写出个大概意思。连长手里的检查越来越多，脸色也越来越难看，后来检查也不要了，牲畜不放，叫牧业连的领导来。牲畜不吃不喝地关了两天，牧业连的头儿来了，虎背熊腰，大罗圈腿，一步一晃，高筒皮靴的响声就像是一百年的木椅子。汉族连长和哈萨克族连长喝着我母亲烧的放了盐的茶水，在我家小院里谈笑风生，如同久别重逢。父亲面无表情地看着这一幕，或许这让他想起二十多年前解放军、民族军和国军三军会师的情景，只有他所在的军队被摘掉了帽徽。

但牲畜是没有连长的，依然不断地涉越河滩，到东岸啃青。被俘获的牲畜囚禁的时间也越来越长，不给一点草料。父亲不忍心，夜里偷着抱几捆草扔到圈里，受到连长的严厉批评。连长认为，那样只会给牧业连的懒汉们惯出毛病，助长他们不好好看护牲畜的习气。“关着关着，让场部解决！”湖北连长扔下这话，离开马号向连部去了。

每天都有新捕获的“啃青犯”被赶进马圈。这些牲畜不但要忍受饥渴，还会遭到毒打。

我目睹那些成年人和孩子如何恶毒地对待牲畜。他们站在马圈的院墙上，用铁锨、木棒和石块四面打击这些贪嘴的可怜动物。石块乱飞，锨棍齐下，牲畜们在圈中四散奔逃。墙上的壮汉们用铁锨利刃砍击牲畜的脊背、头颅、大腿，只要能够得着，根本不加选择。羊被挤倒了，很快就被无数的马蹄践踏得没有了毛色；一只马驹像是被砍中耳背，猛地站住，歪着头倒地；一匹大马几次试图越过近两米高的门栅，在受到栅缝里伸进来的木棒捣戳之后，放弃了努力。父亲在自家门前急得搓手，说，这群堵什蛮，下死手哩！他的猜想马上得到验证。墙上有人大喊，往死里打！今天连队改善伙食！

我听见女人刺耳的哭声，一位哈萨克女人在人群中撕扯抓挠了一阵，号叫着奔河西而去。

半小时后，人们终于打累了，只有几个顽皮少年还在大人的喝彩声中投掷石块，牲畜们对石块已经没有了反应。地上躺着几只羊、一匹小马，站着的马身上都流血带伤。因为恐惧，这些草原骄子目光惊悚、四肢颤抖。人们蹲在墙头抽烟，为那几具死物的斤两争论。谁也没注意到，河西急速奔来的一队骑手此时已站在他们身后不远。

父亲看到了，紧张了。十几个骑手纵马横列，一米短棒斜靠右肩。“不得了了，摆开阵了！”当过骑兵的父亲一眼就看出险情，大叫着“使不得使不得——”，向队列最右边的骑手跑去。墙上的人们这时都转过头来，脸上挂着几乎都一样的笑容。我至今不能明白这到底是些什么样的人，可以把一种笑脸用在任何场合。墙上的人看见我父亲抓着马笼头对骑手大声说话，也看见骑手极力挣脱，最终一棒将我父亲打翻在地。我父亲倒地后很夸张地侧滚几圈站起来，又引得墙头上一片笑声。

墙头上笑声在一声尖利的唿哨中凝固了。十几个骑手发出大喊，一起冲了过去，挨个将墙头上的人打落，每人都挨了棍子。有人从墙上跳下，向冲来的骑手轮着铁锨，骑手翻身在马的一侧，棍子贴近地面扫了个半弧，结结实实地砍在那人腿上，那人立刻大叫着瘫倒在地。场院内尘土飞溅，人们慌不择路，四散奔逃。扔石头的几个屁孩儿吓傻了，竟然向西狂奔而去。

我躲在柴垛上，看见追出场院的骑手们冲下山坡，折个弯又返回马圈。他们解开栅栏，慢慢地赶出牲畜，簇拥在一堆向河滩而去。

死掉的牲畜就扔在圈里。

事情不了了之。毕竟是在一个团场里，汉族政委和民族副政委都来到连里开会“做工作”，牲畜是公家的，受伤的职工也是公家的，各自承担了事。不过，民族连的女卫生员却来给我父亲治了伤，在胳膊肘已经结痂的伤口处抹了些红汞药水，弄了个纱布带子托着，吊在脖子上。卫生员是蒙古族，笑眯眯的眼睛，圆脸盘子，很漂亮。

我也看见父亲被打翻在地，何以只受这点轻伤？父亲说：“那人只是用刀背震脱缰绳，没有下茬伤我。”我说：“没见刀啊，就是木棒子啊！”父亲说：“瓜娃子，你当啥呢，那是一股子骑兵，使唤的就是刀法啊！”

我父亲在离开军旅二十多年后与“骑兵”的这次遭遇，让他兴奋了好一阵子，“唉，亏是跟前没有马，不然的话和这些日能货好好耍一哈！”

蒙古族女卫生员给父亲抹过两次红汞后，就没有再来了。我父亲还保持着“战伤”纪念，那条纱布带子一直挂在脖子上，直到九月底，该去起羊粪块子的时候才解下来。

四

1986年，我在查阅博尔塔拉文史资料时，看到这样一段回忆文字：1945年夏，由伊犁而来的民族军和蒙古骑兵大队在营盘以北截击撤往乌苏的国民党军一部，国军一排三十余员据守七日，全部战死。官兵阵亡前于堡垒内刻石“保衛國家”……

我在大羊圈里看见的那几个字应该就是它。

散布在河西的那些羊圈在牧业营迁走后被夷平，牧场变成了新垦区，大片的葵花地、油菜地和麦田在阳光下变幻着各种成长的颜色，所有记忆的印痕都消失了。

1993年，我在霍尔果斯口岸报关厅办事时，听到一个熟悉的哑哑的声音，回头一看，竟然是达瓦利。他穿着长呢大衣，戴着獭皮帽子，身边站着一位同样装束的浓妆妇人。相认之后，达瓦利和我激动地拥抱，我们热切地询问彼此生活状况。达瓦利已定居在阿拉木图，娶妻结婚了，现在开着一家公司，在中国和土耳其之间做生意。达瓦利在向身边妇人介绍我以及我们的谈话内容时，竟然是用流利的俄语。我忽然顿悟，一个人，如果不想让别人知道自己的本来，可以埋藏得如此之深。

“我们的妈妈怎样了，她好吗？”他问道。

我告诉他母亲已去世数年。他神情黯然，在熙攘的大厅里双手捧面，用哈萨克语做了一个长长的都哇。

五

秋灌后，干渠的水放归河道，让雅尔克河在冰封之前，能有一点时间启封千年记忆。

河水在大大小小的卵石间挣扎汹涌，自由喷发着狂躁的泡沫，那种畅快的宣泄在夜晚达到极盛，很远处都能听见它们的声响。也许不到一月，它们便驯服地藏身在第一场大雪之下，悄无声息。接踵而来的凛冽寒风会将它们的顺从凝固下来，形成流水与顽石互为一体的塑像群。总有些脚印盘绕在这些雕塑群中，动物的、人的。

东岸的落叶林，远望去，像一笔随意涂过的淡墨。冬天里最精神的生灵要数麻雀了，它们一群群地落下，叽叽喳喳地铺满树的枝丫，忽然又毫无理由地掠地而起，像浓烟一样消散在树林后面的村落里。村落是顺着河岸坡势形成的，一排一排，成行成列。房屋都是土木结构，像是不堪积雪的厚重，有些歪歪斜斜。村落是沉寂的，人间故事，都被挡在厚厚的毛毡门帘里面。偶尔听到一两声炸响，那是心急的顽童，拆开了过年的鞭炮偷偷在放。

河岸较高处，坐落着一个较气派齐整的建筑，粉刷土墙，红砖屋檐，三角形门楣上浮塑着五角星和“雅尔克农场一连”几个泥字，正墙新刷写了一行标语：热烈欢呼粉碎“四人帮”反党集团！

这就是连队的大礼堂。

礼堂大门正对着一块数米高的照壁，画着比真人大一倍的身穿长衫、手持雨伞的青年毛泽东像。画像的色彩已陈旧了，照壁下半部分的泥皮也已经脱落，暴露出砌墙的土块，但画像中人物的目光仍坚毅地注视着礼堂的大门，一个穿布面皮大衣、留山羊胡须的老汉正扛着麻袋从门里走出，走向不远处一辆三挂套的马车旁……

这是雅尔木图的记忆，还是自己的梦境，已经弄不清了。

（原载《回族文学》2011年第5期）

落日下的葵花地

一

接到长途电话报来的信息，已经是夜里两点。嘱托妻子做些准备，并给孩子的老师打电话请假……我隐隐觉着，这次父亲口唤怕是真的到了。

父亲虽然已经八十五岁，但身体一直还是结实的。他的倒下源自被骗和受累。回民中，上了岁数的老人很受尊崇。这些年来，父亲被族内晚辈尊护着，渐渐失去了对世人的警惕。每年夏天，农场都会来很多内地短工。七月初，在场部的集上，一个小伙子凑到跟前说，大爷，借您的三轮车用用，有两袋面粉送回家里。父亲没有犹豫，就把代步的三轮车借给那人。可是老汉等呀等呀，一直到太阳落山了，也没见那人还他的车。

第二天、第三天，父亲还去那地方等，指望那小伙子是一时抽不开身或者是忘记了。二哥、二嫂一再说，那人就是个贼娃子，把你骗了！可老人的自尊心却接受不了这个现实。

连着几天，他都郁郁寡欢。父亲不能没有车，当年西北“国军”的骑兵像哈萨克人一样钟爱着胯下之物。20世纪70年代初，家境虽然贫寒，父亲居然也能买个二手自行车回来，成为连队为数不多的“有车族”。这些年，父亲不能骑自行车了，只得以三轮车带步。那种小贩用的三轮车十分笨重，但父亲看好的却是结实和耐用。老人就靠着它穿行于几个连队的族胞之间，吃筵席、干尔麦里、跟主麻……风雨不辍。现在，车没了，与外界的联系眼看着中断了，这对于父亲是绝不能忍受的事。本来，已说好几天后的星期天由外甥去城里为他买个车子的，但老人一天都不愿意多等，自己搭车去了十公里外的城里，买了车骑着回来。一路都是上坡，新车还未磨开，分外沉重，回到家里，父亲就站不住了——这次的病成了他最终没有迈过去的坎儿。

八月初，我回家探视时，正见父亲从院子里迎面走出来，一手提着汤瓶，一手端着个塑料盆子，颤颤巍巍地。脸上挂着笑，眼睛里却分明闪着泪花，忙忙回应着从远道上来的儿子的色俩目。

家里人说，这是父亲病下以来状况最好的一天。

闻讯来探望的回民乡亲不少，有些多年不见的，便坐着拉扯些闲话，聊着聊着，就觉不到床上还睡着个病人。炎炎夏日，在繁忙的农事中能这样轻松一天也不易。茶喝了一壶又一壶，末了起身，都要抓着父亲的手说：“我回啦！老姨父好好缓着，后儿就松活了！”

也有老姨娘们偷偷把我拉到一边，说些念讨白、要口唤的事，但我因为听多了“后儿就松活了”的话，也就不太在乎。父亲半躺着，有时也下地活动一下，如果他听真了客人的言语（耳朵已经背了），还能插上几句话，怎么看也不像是近期有大问题的人。

回到城里，继续着忙忙碌碌、不咸不淡的生活，但父亲的病况总是一个隐隐赘着的心事，靠长途电话与家里联系，了解老人的情况，有时电话打回家，有时二哥的电话打过来。

“今天情况不好，一天都睡着没起身。”

“今天好着呢！中午上桌子吃了一碗汤揪片子。”

“咋看着不对啊！要不然住院去吧？”

“大不想住啦，今天出院，你还是回来一趟吧！”

……

二哥说，看样子，父亲这回怕是拖住了，急忙间口唤是不会到的。农场的秋天最忙，番茄、棉花、红花和其他经济作物都到了收获的时候，在职工医院工作的二哥、二嫂也有秋收的任务定额——睡在家里的老人咋办呢？干脆雇人照顾吧！肯定要雇个回民吧，要不然规矩上咋办？肯定要雇个男的吧，不然擦擦洗洗、端盆倒水不方便！啥？五百元钱一月？雇不上雇不上，打短工拾棉花，咋样一天也五十、八十地挣呢！……就这么聊着、说着，日子一天一天地又晃过去了，终于也没有雇上人，那些预见到的伺候病人的繁难事务，一件件地落在了二哥、二嫂和赶回家的老姐身上。

二

“这次父亲要是能顺顺当当地归真就好啦！”

这样想着，又这样随口说了出来，妻子十分诧异。我说，穆斯林并不惜命，所虑的不过是临行时的痛苦和后世的打算。父亲在我第二次回家并请阿訇念了讨白之后，就彻底躺倒了。拜功不能立了，而且身上、床上的内务也全由二哥来理弄。这肯定让父亲很难堪。他是个非常自尊的人，何况就在年初，他与二哥还有一场“家庭领导权”的争执。俗话说“多年父子成兄弟”，八十多岁还不服老的父亲和年过五十性格倔强的二哥向来就分不出个老少。父亲有退休工资，开支舍散，全由自己做主；二哥虽是个盲人，但自学成才，已在农场医院干了二十多年按摩医生，远近都有些名气。父亲常住在二哥家里，大大的院子种着蔬菜、果木，圈里养着牲畜。对家庭经济，两人都想拿些主张，养牛合算还是养羊划得来？意见不合。结果是父亲的牛和二哥的羊都站在圈里。上次回家时，父亲虽然已躺倒在床上，还在跟我絮叨这些家务琐事。

“你给你二哥说说，你的话他还是能听些哩！”

可这次看见父亲时，他已经不能说话了。

父亲躺在床上，看着我一家三口立在身边，嘴角蠕动着，却发不出一点声音。女儿偎到跟前，给爷爷道色俩目。父亲老泪纵横，从被筒里伸出颤巍巍的手来，以四指指背轻轻捋摸着孙女的脸庞。父亲被衰老抽干了，眼窝深陷，骨节突兀地显现着，胡须绵软杂乱，已没有了往日的精神。也许，父亲也已预感到真主的口唤要到了，所以才这样伤感和悲情！我伏在他耳边念清真言，想把他的手臂放进被筒里，可就在相触的一刻，我的手被父亲牢牢握住，久久不松开……

阿訇来了。我的本家、年过七十的广民老汉也来了。广民粉红面庞，雪白长髯，却是父亲的孙辈。父亲的目光像孩子似的追着每一个人，最后落在床边的阿訇身上。他们都是老熟人，多年的情谊就在这无言的对视里。阿訇用拇指捋去父亲的眼泪，替他抚顺面庞的胡须……终于，难挨的沉默被阿訇苍老的诵经声打破了：

“比斯敏俩亥，偌亥玛宁若亥密，雅——幸……”

那天阿訇没有回城，住下了。

我们礼拜后，盘腿坐在地炕上，喝着茶。阿訇说，虽然看上去暂无大碍，但也不能大意，这两天跟前不能断人，“都把阿卜代斯带上，就是个拖的事情了！”阿訇和广民计划着办事的规程，问我举意殡礼花费多少。我报了个数目，二人思考着，掐指头算着……

“要动坊呢，要动三十坊呢！”

什么是动坊呢？我不解。

广民说，这是咱们回回的一个传统，遇到大事，就去给各坊主事传话，让来多少人、干什么事，时间、地点讲清楚就行了。

“如果人家不来呢？”我问道。

“那不会！”

我还有些疑虑，但看见二人决然的神态，也就不再说什么了。就这么定下来，自某地以东、自某地以西的三十个清真寺

（坊上）的乡亲都要请到，每坊来十人，阿訇、满拉和乡老，自备交通。“咱们这边要朝五百人上准备，估计有些大坊来人要多些。”阿訇说。

接着就是来人的安顿问题。这是组织、协调和管理的事项，我倒也能有些用处。我们商量把来人安排到各队的回民家去，每户十人，按一个标准安排伙食；各坊远近不同，把目的地时间错开；再把二次出发时间调整好，使大家都能在既定的时间准时赶到殡礼现场。考虑到各坊的交通工具可能不一样，速度有快有慢，坟地又远，这样还要再租几部客车……到了半夜，大致上就定下来了。

晚上我值夜，靠在床头的一个小沙发上，与父亲四目对视。老人想说什么，但只能发出一点喉音，根本不能理解他的意思。我试着问了些事，他有时还点一下头。其实并没有什么要紧的事，不过是父子间彼此的宽慰。我尽量做出乐呵呵无所谓的样子，使父亲能短暂地忘记自己是个重病人。不久，父亲累了，但他没有像以往那样示意我去休息——老人心里是清楚的，真主的口唤在即了！

我迷迷糊糊地睡着了，猛然听见有人喊我的名字，睁开眼时，发现父亲直盯盯地望着我——这是几天来，父亲唯一的声音。我赶紧挨到床边，抓着父亲的手。父亲自己拨开胸前的被子，出神地看着自己的一双手臂。就在几个月前，我还攥着父亲的手臂快步走过街道。他的手臂肌肉瓷实，很有弹性，现在，它们已经完全干枯了。

三

这是我第三次回家的第五天了，父亲的状况依然如故。我决定让妻子送女儿回去，小女这两天已经玩疯了，早上起来，就不见人影了。妻子说，再玩上两天，心野了，课程耽误得太多，回去就不好补了！

商量好坐晚上的火车回乌鲁木齐。

我领着女儿去父亲的病床前告别。当听到孙女要走的话时，他极力上翻着眼珠寻找站在他头后的孙女。我把孩子领到老人面前，父亲已是双目盈泪，呼吸也乱了。我说了过些日子再让孩子来看望的话，父亲显然生气了，脸冲着墙，再也不看我。我正不知所措，姐姐扯扯我的衣服，催我们走。

在火车站，我有些晕眩，站立不稳。十多年前母亲归真时，我就有过这样的感觉。我对妻子说，父亲归真可能就在今夜了。话说出口，心情反而平静了下来。妻子惶惶地望着我说，那我们回去吧！我还是硬着心把她们往火车上送，这是几十年工作训练出来的习惯，定下的事就不变更。人啊！在自己制定的原则面前，经常是不折不扣的；而对真主的法度，却会疏忽和懈怠。

正在门口挤着，有人拍我的肩膀，回头一看，原来是孩子的舅舅，笑嘻嘻地站在我身边。真主啊！竟有这么巧的事？

漆黑的夜，星星格外的晶亮。从火车站到农场的家，五十公里路程，我默默地开车，妻子也没有一句话。

刚进院子，听到车的动静，姐姐哭着迎了出来。

原来，我们刚走，父亲就不行了，浑身抽搐。“可把我们吓坏了！”我进了父亲的房间，姐姐跟着，“这会儿好些了，一阵一阵地。”我摸着父亲的脸，念着清真言。父亲看着我们，脸上露着明明白白的笑意，这是几天来从没有过的。姐姐见了，叫了起来：“啊呀胡达呀！你看看这个怪丈老汉，我们一天吃啊洗地伺候着，脸势都不给，小儿子一来，就精神了！”

夜里一点半钟，我内心有种莫名的不安。我们兄弟姐妹商量，还是接阿訇和广民来吧。

广民住在农场的另一个队上。到他家大门口，刚要敲门，门却无声地开了。广民披着褂子站在门洞里，“人不当事了吗？”他问道。

坐在车上，他念叨着说，晚上一直心里重重地，睡不着，看见后窗上远远地照过灯光，就对老伴儿说，爷怕不行咯呃，小爸（小叔）接我来了！

我的心里一阵暖潮涌过，我是这个老人的“小爸”，因为我们同属一门宗族。他的几个儿子和我们几兄弟几乎都是同年，都在外面工作，彼此见面都以名字相称。以往的许多年里，我从未听他这样称呼过。莫非大事将至，先兆始行？

阿訇也接来了。

大家相继地换了小净，围在父亲的床前。阿訇手伸进被子里摸了摸，“脚开始凉了！”他低声说，“妇人娃娃们走过吧，不要放哭声，不要惊扰了！”

此时父亲仍然是清醒的，他顺着阿訇的提念，嘴蠕动着。

“俩一俩哈银兰拉乎，穆罕默德热苏龙拉西……”父亲吃力地抬起双臂，双手剧烈地摆动着，我感到他想接个都哇，就扶住他的手，稳着稳着，然后抹脸……他平静了，一滴泪渗出干枯的眼睑。

“鲁哈（灵魂）出体的时候，人要淌眼泪呢！”阿訇说。

二哥站在当地，一遍一遍地念着，泪水顺着他的腮上、脖颈，一直流到胸前。20世纪60年代初，母亲带着五个孩子在宁夏西吉老家苦熬，老大、老二相继饿死。二哥排行老五，那时三岁，久病失明成了盲童。在他的记忆里，根本没有父亲的模样。

广民手伸在被筒里，轻轻捋摸着父亲的胸口。

在阿訇低沉的诵经声中，父亲的气息越来越短，他的目光一时看似非常惊恐，一时又宁静安详……母亲去世时，我不在跟前，这样眼看着亲人的离世，是有生的第一次。我努力地睁着眼睛，看着父亲，想留下老人在人世的最后记忆。他的呼吸越来越慢，有好长时间没有一点动静，我的心揪得紧紧的，但，突然又会深吸一口气，带着很响的喉音……真主啊！你造化我们，又这样召回我们吗？真主啊！怜悯我们，怜悯我的父亲，求你给他平安吧！我举着双手，在心里喊着，祷告着；泪水已模糊了视线，看到的只是一团跳动着的白光……

“人完了！”

广民嘶哑的喉咙挤出悲声。

阿訇侧过身来看着父亲的脸，没有停止诵经，只是声音低到几乎听不见了。终于，没有任何声音了，好长的一段时间啊，听到阿訇长长的一声叹息……

凌晨五点多，在阿訇的指挥下，我和侄儿、外甥将父亲的遗体简单擦洗了一番，换了干净衣裤，抬到另一间没有家具的大室里。现在，老人的遗体已被称作“埋体”。埋体的下面铺着凉席和白棉布单，上面也盖着一件。

姐姐在另一间房里压抑着哭声，妻子陪护着她。按照事先商量好的，晚辈们分别给各个坊上和受领坊民的各队回民住户打电话。我一时无事可干，静静地坐在地上，坐在父亲的身旁。

脑子里翻江倒海，到处是记忆的片段。1921年，宁夏海原大地震时，父亲不到一岁，被他的姐姐抱着在场院里玩，躲过了一场劫难，但父母却被埋在土窑里。吃百家饭长大，放羊、拉骆驼、当麦客，什么活都干过。青年时一次次地替人当兵，都能巧妙地逃脱，直到最远的一次，驻防在新疆的巴里坤，他仍然逃回了宁夏西吉的老家，和我的母亲结婚。1952年，他返回巴里坤找老部队，但部队已被解放军整编。也许是为了解脱逃兵的麻烦，原来的部队只将他造册为随军马夫，没有起义军人的名分，这样，他又成了煤矿的矿工。不久，又回老家；不久，又来新疆（我这样说，是因为父亲以往给我讲述这些事时，一次也没有说清年代），参加了在哈密的兵团五师。1962年，五师移驻博尔塔拉屯垦，父亲随团而来，再也没有离开……

天朦胧亮了，听到院子铁门咣的一声响，出去看时，见院子当间灰楚楚地站着一个人，细细一看，是我的大哥，他回来了！

四

九月十六日的太阳，与昨天没有两样，然而我与父亲，却已成隔世之人。

仅仅几个小时前还在流泪、还能微笑的父亲，现在被一层白布遮盖得严严实实。阿訇不再用“你大”来吩咐对父亲应做的事，甚至在亲人之间，父亲的称谓，须臾被一个新词代替了——“亡人”。

远道归来的大哥跪坐在亡人的面前，遮面的布单掀开一角，他长时间地凝视着父亲的遗容，不言不语。家庭变故和生活重压，将这个人几乎摧垮了。常年在外漂泊不定的岁月痕迹，叠叠累累地堆砌在他的脸上。

我与大哥一直没有太多的交流，相差近二十岁的年龄距离，阻碍了情感沟通。少年时代，他像山一样耸在我面前；此刻，山势已无苍翠，我的长兄，已成老态之人。

回民乡亲们来了。

一色的白帽子，一色的青黑衣装，各坊之间，有互相认识的，在拿手道色俩目之后，仍回到自己的队伍里，保持着坊阵行进。在这个汉民比例和全国比例一样的农场，早起的人们目瞪口呆地看着：从来也没有一次能见到过这么多的回回——他们神色坚定地走着，清晨的太阳，把他们的影子投在新碾压过的柏油大道上，那些青色的影子跳跃着、叠错着，犹如他们的主人的身躯，瘦长而又柔韧刚强。

原来，“坊”就是这样动的。

多年持守的礼拜，锻造了穆斯林的心灵。当我们站成一排举意和赞主的时候，所有的意气通过高耸的鼻梁在传递；当我们弯下身躯，当我们为真主以额头触地时，个人的委屈会借比肩弟兄的身躯四散传开，委屈稀释了，暖流从心底升起；当我们再次站起来时，“岂曰无衣，与子同袍”，人道的光辉从真主那儿照射过来了，这便是穆斯林的精神。

已不需要更多劳神，那些骑着单车和摩托的农场回民乡亲已经早早候在院子里，在行过对亡人的探望之礼后，一坊一坊客人就被这些乡亲“成建制”地带走了。他们去喝点茶，吃油香饭食，再叙叙农桑故事，补上可能丢了的小净——然后，再一起回到这儿来！

这段时间，我们要做一件重要的工作——活着的穆斯林对已故的穆斯林义不容辞的责任——为亡人洗身。

阿訇说，亡人只有在被以水浸渗时，才知道自己已离世了。鲁哈会惊恐、会呼喊、会悲凄和羞惭……

厚厚的窗帘拉严实了，门上也挂了布帘子，以防止穿梭传水时，门缝透光。我和大哥洗了大、小净，重新走进了那间大房子。阿訇和他的助手们已经等在那儿了，还有父亲的好伙伴、我有十多年没有见过的“海姨父”，他执意要为亡人“着水”。

两位满拉扯开一件白单，像阳棚一样遮在埋体的上方，视线被隔断了。“看亡人的羞体，有伤哩！”阿訇没有说是对谁“有伤”。我体会这是对逝者的尊重。

阿訇手在棚下熟练地解去了亡人的衣物。阿訇轻声念着，却一直没有停止手上的工作。温热的水淋下了，亡人的身体渐渐有了温度，我没有抚摸过父亲的身体，也许幼年时有过，但已经没有了记忆，一时百感交集。大呀，儿子今天为您着水，使您干干净净地到主那儿去；真主啊，宽恕这个人吧，给他平安和安宁吧！这个人自己啃瓜菜干饼，省下馍馍给上学的孩子；这个人常年放马深山，为给家里多挣一点补助；这个人没有亏过人，也没有虐待过牲畜，经他喂活的牧民转场时丢弃的羊羔，与他身影相随——这个人就是我的父亲，他的名字叫鲁哈！

"小心眼泪，不要惊了亡人！"阿訇果断的低语惊醒了我的恍惚。

而这时，院子里传来了说话声，越来越多，越来越嘈杂。那是各坊来的回民乡亲们又聚拢了。

这是个刚刚落成的新院子，是父亲、二哥和我合建的。

十六年前，母亲去世，父亲搬到场部医院和二哥同住，其间也断断续续地在我家住过几年，但他始终不适应城里的生活。老人习惯了当家，每年春秋时节，为院子里种点什么、养点什么的问题，常和二哥意见不一。这样我每年几乎是在固定的时间要回去调解这些家事官司。其实根本就不是什么事儿，只是父亲有一种不甘人后的执拗，这也是许多回民老汉共有的特点。

于是我和二哥商议，为老人盖一个院子。

地很快批了下来，内地来的小包工队活干得十分出色。夏初始，父亲骑着还未被骗走的三轮车，整天在工地上倒腾零碎，院墙还没垒起来，种葡萄的壕沟已经被他挖好了……

盖屋顶板的时候，父亲躺倒了；接通自来水管道时，他已无法输液“出院了”，让外甥背到新房里到处看看；安装完灯具厨具设备，二哥和姐姐把老人搬进了新房子，而这仅仅是七天前的事。

现在，院子里铺上了从农场粮库借来的硕大帆布，亡人停在西面，相对着的，是站“者那则（殡礼）”的几百名穆民乡亲，一行一行静静地排列着。我没有料到，会有这么多的人来（事后姐姐对我说，她当时哭了，多半是感动。人们从几公里和几十公里远的地方赶来，送我们的父亲）。人们没有为亡者的亲人预留什么位置，我们兄弟三人和侄儿外甥，就插挤在肃整的队列中。我融化在乌麦提（信众）之中，激动在乌麦提之中，那个亡者，已不仅仅是我的亲人，他是一个逝去的穆斯林；我也不仅仅是他的儿子，我与众多的穆斯林兄弟一道，正在履行生者对亡者的义务。

“真主啊！求你恕饶我们中的活人、亡人、成人和幼子、在场的和不在场的一切人的罪过。若你使我们中的一人活着，就让他活于正道；若你使他归真，就让他归真在正信和忏悔上。”

我与众人一齐抬手举意……

五

东西走向的阿拉套山脉是中国和哈萨克斯坦的交界岭，我的故乡就在南坡依山势而成的冲积扇上。天高气爽，光照充足，鲍尔德河常年流淌，水量丰沛。几十平方公里的扇形坡面，是毛茸茸的灰绿色的草原，而在河谷地带，则是灌溉农田，人们过着亦农亦牧的生活。我的童年、少年就是在那里度过的。常常会在高高的苜蓿垛上睡着，被母亲唤食的呼声惊醒。从山谷中吹来地带着松香味儿的风，仍然还保留在我嗅觉记忆中。

那个地方叫雅尔木图。

差不多隔上一两年，我都会回到那里看看。紧张烦乱的生活，使人怀旧的年龄大大提前了。20世纪80年代初，中苏边境状况改善，那个民兵连队撤销了，居民陆续迁到场部和其他连队，但父母和少数的几家人还住在那里。母亲去世后，父亲才搬离了那个地方，到了场部，过上有自来水和电灯的生活。我家的旧址成了羊圈，后来又被废弃。2002年春末的一天，我立在废墟前，阳光不冷不热地照着，一群半岁的牛犊撒着欢儿从我身边跑过，它们站在已经塌成土堆的院墙上，扇着湿乎乎的粉红鼻翼，张圆黑亮的眼睛挑衅地望着我这个陌生人，只是在蠕动的嘴角边，还有母亲的乳汁滴落下来。看着这群小屁牛孩的憨态，我实在忍不住笑意……

埋体是要被抬着送到墓地的。

车开到坡底，到土梁上的墓穴还有一段路，须要人抬着埋体匣上去，这便符合了穆斯林的丧俗。车厢板刚打开，手臂的丛林便立起来。我刚把埋体匣的木辕扛上肩，一个高我半个头的小伙子便挤在身后担了起来，这让我的肩上没有任何负重，紧握木辕不过是个形式。我的眼前和耳后，是一只只汗渍渍的手臂。人们拥着扶着埋体匣，粗重地喘息着，急切地蹬开碎步子，向坡顶奔行。

穆圣说："你们宜速埋亡人，宜早使其获福——如亡人是善良的。"

亡人奔土如奔金！

坡顶上也有一伙人迎面奔来，那是打坟的乡亲。

作为亡人的儿子，还要尽最后一个责任——试坑。

我从坑底西侧一个半圆形的小洞钻进去，里面就是"偏堂"。阿訇事先告诉我，偏堂的长宽、高度，要躺着头脚不顶南北堂壁，跪起来头不挨堂顶，才算合适。我平平地躺着，感到前后都还有空间；跪起身来，头顶也有一拃距离。稍稍适应了微弱的光线，洞口处是一片炫目的白光，其他处仍是深不可测的黑暗。这就是了吧？这就是了！这就是我们一段时间的归宿，直到世界末日之后、复生日的来临！——若干若干年后，我也会躺在这里，等待从那神秘黝暗中突然现身的考问天使……真主啊！使我容易、使我免遭恶魔的诱惑、使我始终走在正信的路上啊！

"嗵"的一声，感到有人跳到坑里，洞口一暗，一个白帽红脸汉子探进头来："兄弟，适合着呢吧？快些快些！"

亡人被传递进了偏堂，头北脚南，面侧朝西安置好，洞口用土块砌上了。接着，人们挥锹扬锨，黄土像洪水一样淹泼下去。埋实土坑，堆起土丘，坟很快就打成了。这时，我的脑子里一片空白，感到父亲就在眼前的这一群老人中间。以往我和父亲也送过亡人，堆完土，打起坟，这时就该走到父亲身边，排成行列，和大家一起再接一个都哇，然后散伙回家——现在，他老人家已睡在地下，而我站在地面上，晒着秋天下午的阳光。

亡人埋葬后，为他祈求真主的恕饶是每个送殡者的义务。

雅尔木图，我为什么要不断地走进你，搅扰你幽远绵长的牧歌？

因为你是我的根，时至今日，你的山川草木、日光月华仍浮现在我的睡梦中。

走进那一片废墟中，儿时的一切情景立刻就会重现。黄昏时，家养的十几只羊就会从垛口子回来，领头的是一只精瘦结实的公山羊。山羊从不进圈，每晚都卧在做饭的柴房里。后来那个山羊不见了，父亲说，那是个贼，我和你妈商量要宰它，被它听到了，跑了。那时我还不到十岁，很长时间都不敢进柴房，害怕黑暗处那两只绿幽幽的眼睛……

还有春天草滩上的野蒜，夏天有着美丽翅膀的蚂蚱，秋夜月光下诱人的西瓜地，冬天拂晓父亲的"邦答"……

仅仅是这些吗？

不不，到雅尔木图，是为了真切地怀念我的另一个亲人，母亲！

母亲！每念起这一个词，就会因悲伤而哽咽了喉咙。十六年来，我没有为她写出过一篇文字。每当记忆的闸门打开，涌出的总是痛苦、愧疚和悔恨……十七岁离家上学，而后参加工作，我与雅尔木图的家中断了。假日回来，先在中学同学家游混，只在返回时才回家转一圈，因为家里没有电，没有录音机；毕业后，在城里的报社工作，离家也就十几公里。听说，每到星期六，妈妈都要拐着小脚，步行好远去迎我，常常是日光散尽，才失望而归……男子虽是理智的，但男子却常常懂事很晚。

只有在雅尔木图，我才能清晰地回忆起母亲的音容笑貌，一件一件地忏悔自己的大意、荒唐和浮躁。

母亲是1988年春天，雪还没有化尽的时候去世的。是在我工作四年、家境刚刚有些好转的时候。

她的坟距父亲的坟不远……

辞谢过乡亲之后，我也该返回五百公里外的乌鲁木齐，继续顿亚的日子。然而精神还在恍惚，感到还没有给一个人道过临行的“色俩目”。此刻，他正站在院子的压井旁，也可能在索索作响的那小块玉米地里，或者在牛圈里嘿哧嘿哧地忙活——这些年来，临走时对父亲的辞行，总在这些地方。一种无法抚平的焦躁驱使我，想再去趟雅尔木图。也许，面对一片废墟，能使我多少清晰一些地印证应该真实面对的现实。

本来就没有像样的路，只是桑塔纳确实皮实，拧拧拐拐地顺着戈壁草滩的车辙，勉强能够到达那里。

然而所有的痕迹都不复存在了。

我的眼前，是一大片绚烂的葵花地。

连队的废墟，就淹埋在这片宽阔平整的金黄色的海洋里。其实我早有预感，这片废墟不会为我的怀念一直保存下去，但真的就在眼前消失了，内心却有一种被割断历史的疼痛和震颤。

就这么消失了吗？

我找到一处高坡地，木然地坐着。

太阳从云层中挣扎出来，它的下面是锯齿一样青黝的山峰，仅仅只有一拃多的距离，但太阳的光华却在此刻铺天盖地地照射过来，大地蒸腾了，田野正在燃烧，变幻着灰褐、苍绿和橘红色的火焰，氤氲弥漫，山峦隐在了暮霭之后；相对地，东面的丘陵、树林、田野和道路，却是清澈明朗的，像刚刚刻在大地上一般显现在视野里，轮廓异常坚毅。许久没有见过这样辉煌壮观的景象了，长时间的压力、郁闷一扫而光，我站起身来，长长地呼出了一口气。

真主啊！只有这一个显迹就足够了。

亲人会一个一个地离开人世，所有的生活痕迹也终有被抹去的一天，只有对主的信仰，能使我们获得永生！

（原载《回族文学》2006 年第 2 期，

入选《回族文学精品集》）

在银色的月光下

每年到这个时节，我总会特别地想起一个地方——巴尔喀什湖，怀念她柔软的碧波、咸湿的晚风、细爽的沙滩以及湖岸丘陵连绵不断的胡杨和松林。野营的篝火散扬开温暖的松香味儿，丝弦喃喃，歌声飘忽，异国语言的浅唱低吟，使人宛若置身于另一个世界，心静神怡。

而这一切都笼罩在似曾相识的融融月色里，从春江之水到巴湖秋韵，亘古不变的朗照，千年不同的情怀。

哈萨克斯坦人不会只拣圆月之夜抒发情感，只要是夏季有月亮的晴朗之夜，就是相聚的好日子。四周的篝火已经点燃，不是为增加诗意，而是要靠烟火来驱赶蚊子。湖边的蚊子毒啊，落在那儿，像蜻蜓一般高大。女人们可以靠纱巾之类的东西包裹一下，男人只好干扛着。玉素甫捋着胳膊对我说：“我们胳膊上毛很长，蚊子站在毛上，吸管就不够用了，所以，我们没事！”

玉素甫是哈萨克斯坦塔州水利勘察设计院的院长，相处几年，就像我的兄长；还有韩国人瓦洛加——永远微笑着的方脸，永远紧闭着的从不多言的嘴唇；还有会计师朱马什——细高的个子，文质彬彬，总使我想起中学时的化学老师；那是工程师尼卡拉伊和车队队长维克多，往返新疆和哈萨克斯坦拉货，我总和他同车；对面呢，噢！那是秘书娜佳丽亚和会计达尼娅。

说了很多的话，也吃了很多的东西，又一阵短暂的沉默。

餐布上的食物已不多了，女人们又拿来了水果瓜蔬。马奶子有些后劲，湖面的粼粼波光使眼神更加迷离，热烈的谈话还在耳际，仰卧草地，我不言不语。

这时，朱马什拉起了巴扬那（俄式钮键手风琴），恰如其分的旋律，恰如其分的淡淡的忧伤。巴扬那在他们手里，犹如中国人操起二胡，永远是哀怨的低吟，悠扬的倾诉……

他演奏的是新近流传于阿拉木图的一支爱情歌曲。

开始有人伴着琴声轻唱，第二个人加进去，组成自然的二声部；三个，四个，男声和女声，各按各的调式，却浑然交融，听不出一点缝隙；仰着脸，或垂着头，大家专注地唱着，细细地感受着唱歌的舒放和慰藉。

六百年前的乌兹别克诗人纳瓦伊说过：忧伤是歌曲的灵魂。

一个民族的歌曲似乎都在某种程度上印证着自己的民族性格。我在新疆生活，熟悉一些民歌。比较起来，俄罗斯人的歌曲浑厚悲壮，像原野上的森林，登高远眺，一望无际，而身处其间，却举步维艰；蒙古人的歌曲一波三咏，诉说着一种惆怅和无奈，一个缅怀的结从头到尾始终解不开；维吾尔人的歌热烈奔放，情绪灼人，如同憋在一块绿地里，四面望去，尽是酷热的沙漠——俄罗斯人的歌是唱给沼泽和森林听的，蒙古人的歌是唱给白云的，维吾尔人的歌是唱给火的……

哈萨克人的歌呢？是唱给马听的。

歌中总有一种渴望，似乎要倾诉什么，却又渺无知音，那空落落的、得不到回音的感情，尴尬无措，随便地留给那能望见的山鹰，蹚过的小溪和翻过的丘陵——有一种委屈，又有一点快乐，只有始终伴随歌者的那匹不会说话的伙伴最能理解。

朱马什又拉开了巴扬那的风箱，手指在黑白钮键上弹击，霎时，传出一段旋律，我感到那么熟悉，摸索着跟着哼唱，记忆的门也正在一扇扇打开——啊，想起来了，是它，是那首歌，除了第三句的曲调略有不同外，其余完全一样：

在那金色的沙滩上，
洒着银色月光。
寻找往事踪影，
往事踪影迷茫。
……

我起初小声地跟着，接着便毫无顾忌放开歌喉。男人、女人，哈萨克语、俄语和汉语交杂在一起，谁也没有觉着妨碍了谁，只有琴声和歌唱；歌声呼唤出每个人心底的情怀，俄罗斯人的怀旧、哈萨克人的茫然、韩国人的失落，以及我——一个没有母语的回族人的怅惘……或许，什么都没有，只有歌声。所有的那一切，都是造物主的秘密——我们不知道，什么也不知道。

他们大吃一惊。

没想到我会用汉语唱出这首歌。他们请我又单独唱了一段。

当我用不准确也不合语法的俄语翻出这一段的意思的时候，他们点着头听着，又摇着头感叹。玉素甫动情地说："这是一首老歌，显然，它是在很早的时候，就传到中国去的。"

我熟悉这首歌也已很久了，刊行的曲目后常常跟着"新疆民歌"的字样。对歌词我一直怀疑，认为是编撰者改过的。是啊！炎炎戈壁，茫茫草原，高山丘陵，怎么会有海边才有的沙滩呢？在巴湖之畔，我知道自己错了。浩渺的巴尔喀什湖，云生云起，白浪搏沙；明月之下，水天一色，遥远的地平线只是一道若隐若现的白光。此种景致，如何不能成就《银色月光》？

它正是在巴湖之畔诞生的，一位孤独的、失恋的哈萨克骑手成就了它。

这位年轻骑手在歌曲的前三段里，追忆寻找失落的爱情，他骑着他的不会说话的伙伴，在千里草原上徒劳地奔行；他感到，那个不懂事的、背弃了他火热的爱情的女子，一定非常后悔，正在大草原和起伏丘陵的某一处等待着他。

我骑在马上，
箭一样地飞翔。
飞呀飞呀我的马，
朝着她去的方向。

汉语的歌词到此处就为止了，方块字规规矩矩的局限性总爱把想象留给空白。而游牧民族却不这样想，一定要把小伙子的命运说明白。

它还有第四段。

玉素甫给我翻出来，我按意思组织成比较规矩的歌词：

我走近那毡房，
人们在跳舞歌唱。
背弃我的姑娘，
正烧茶在炉旁……

一切都清楚了。姑娘找到了新的爱人，她出嫁了，正在一个新的家族中，平静而幸福地生活。你的不幸并不一定非是别人的痛苦，这就是命运！

曲调没有任何变化，骑手的热情最终变成现实的无奈。他会像一个过路人一样，加入到喜庆的欢宴中去吗？因为这是习俗；姑娘的丈夫会像对一个陌生人一样向他道色俩目吗？因为这是信仰；姑娘会像对待丈夫的朋友一样，守在炉边，一碗一碗地为他添奶茶吗？因为这是规矩。

骑手不会背叛民族，不会背叛草原。他的歌属于山，属于云，属于哈萨克斯坦……

多年以后的今夜，在乌鲁木齐的钢筋水泥丛林中，亮着一盏孤独的台灯，灯后是孤独的我，我的眼前，正铺洒开一片巴尔喀什湖畔的银色月光。

（原载《回族文学》2004年第1期）

东天山两翼

一

感悟东疆，需要一双穿透时空的慧眼和一颗空灵的心，这些我都不具备，所以每次往来东天山的南北两翼，都会有时空错乱的感觉。那里的景致给人的印象太恍惚：戈壁、荒漠、绿洲林带、店铺人家，还有一晃而过的粘着尘土的那些面孔。红褐色山腰上睁着黑瞳孔的洞窟，像有深藏的千年故事，要对山下的城镇诉说，只是城镇并不理会。城镇听不懂它的喃喃自语，那是早已荒废了的无人能懂的千年古语。一代人有一代人的故事，一个时代有一个时代的梦想。当历史成为学科的时候，历史就变成了木乃伊，干瘪而又枯燥。一段历史叙述完之后，给我们留下半页白纸，翻过它，历史又进入新的章节，这就是我们习惯了的阅读。

然而东疆戈壁上干燥的旷风是明白的，所以才会不停歇地狂躁和呼号；大漠上抽油机也是明白的，它们一上一下地对着大地叩头，让人联想起“跪哺”的典故。人类的智慧始终逃不出天道，这种景象，实在是出乎这类机器设计者的料想之外了。

初春时节，从乌鲁木齐出发时，天下着细毛毛雨，令人瑟瑟地冷，身体自觉畏缩着。出后峡进入吐鲁番盆地，一路上都是艳阳高照。吐鲁番城郊沿312国道两列，布满红红绿绿的饭馆子招牌，招牌前长长短短地停着各种车辆。若是存心奔着什么“姊妹花”而去，你见到的或许就是几个戴着油腻帽子的麻脸汉子，这是不可不察的民间幽默。常在路上跑的，都有相熟的店家。如果不明情况，就看哪家门前停的车多——车多表示食客多，自然有口碑在其中。

从阴霾的乌鲁木齐走进温暖的盆地，心情豁然开朗，饭量也大了。十个人要了十种小菜，这没有难倒耍勺的，喊一声“旺火”，那灶火立马窜起半米高，想必一定有伙计在暗处操着机关。炒勺像翻着的帽子，时不时地压在火头上——喝着茶，看着街景，又听得一声“上菜”，刺啦啦冒着油花的碗菜就端到桌面。大盘子里是筋道的玉色拉面，哪能不馋！

伙计上汤续水，师傅擦着手凑过来：“好吃吗？鼓劲吃，不够加面。”

这是回民，在东疆路上经常遇到的就是他们。

越向东行，东疆春季的焦躁越发明显。

天空是土黄色的，与灰黄色的大地在视野尽头模模糊糊地连接着。天地之间是漫不经心散布的房舍、凉房，还有故人的坟墓……路边能看见成片的杏林，杏花满目绚烂，自由自在地呈现着代代相传的生机。几个维吾尔老少正在园子里劳作，他们把入冬时埋在土里的葡萄藤挖出来，搭在木架子上。毕竟春天来了！然而季节的变换对于农人来说，不过是再重复一遍历经的辛苦。他们专注于手下的活儿，对我们不理不睬。只有穿长裙花裤赤着脚的小姑娘用头巾遮了脸，在意地躲避着陌生人的视线。一阵风吹过，沙尘就从沟壑中扬起来，连眼睫毛都能感到尘土的干涩。渠道都是干的，没有一点水，水只有到浇灌的时候才会从坎儿井那里分配过来。渠边卧着一头母牛，怔怔地望着远处的天山雪冠，一个刚出生不久的牛犊绕着它的母亲撒欢奔跑，或是瞪着圆圆的黑眼睛挑衅地望着生人。这让我想起哈萨克族作家朱玛拜·比拉勒的名言：动物也有自己的命运。

只有不远处的红褐色山脉，才是灰白的干涸土地上让人兴奋的色彩。由北往南，穿过苏贝希村，就进入了吐峪沟大峡谷。

吐峪沟大峡谷是西域最具神秘色彩的地方。谷内山势经脉清晰、轮廓刚毅，全然是褐色泥土，却给人峻崖铁石的错觉，天然造化、鬼斧神工，疑似进入火星，刚才所见的杏花恍若前世记忆了。人处其间，顿觉与世相隔，有关自然、生命的感悟，在这个沟里或许就能完成。所以吐峪沟有佛教文化特色的千佛洞，也有伊斯兰教文化特色的霍加木麻扎。

吐峪沟大峡谷南边的出口，泉水清冽甘甜，田园果木葱郁，房屋叠嶂，人烟稠密，这是吐峪沟村。

吐峪沟村据考已逾一千七百年历史，是新疆现存最古老的回鹘村落，今天的土峪沟村有二百余户人家。除了胡乱地拉来扯去的电线，其他景观看上去与百千年前可能没有两样。村落居民依然保持着用黄黏土建造房屋的传统，或上下两层，或单堡独院，或依坡势建成前院后洞。站在拐拐岔岔的土巷子里，能望见半山上张着黑孔的凿洞。村子周围到处都是坟茔，塌陷得不成样子，已看不出有多少年头。相伴着这些在坟茔生活的人，仿佛从上古穿越而来。他们平静悠闲，简朴自足，与世无争。

霍加木麻扎在吐峪沟口西面的斜坡上，远远就能望见。

传说，一千三百年前，伊斯兰教圣门弟子、古也门国的叶木乃哈师徒六人经陆路东来，历尽艰辛走到吐峪沟，得到一位当地牧羊人的帮助，叶木乃哈师徒便长住此地传教，伊斯兰教开始在吐鲁番地区传播。叶木乃哈师徒六人和第一个信仰伊斯兰教的牧羊人相继去世后，被埋在一处，即现在的霍加木麻扎，也称“七贤墓”，是一处著名的古代宗教遗迹，也是较为显赫的伊斯兰教圣徒墓。据德国探险家阿尔伯特·冯·勒柯克的著作记载，直到20世纪初，仍有来自土耳其、印度等国的穆斯林到这里游坟。

虽然在千年以前，这儿已经有了伊斯兰教的传播，但肯定不占主导地位。伊斯兰教与袄教、佛教、基督教混合在一起，与来自中原的儒道文化相互作用，文化上呈现着纷繁复杂的局面，这从当地的地表文物与地下文物都可以找到佐证。伊斯兰教在吐鲁番地区的占绝对优势地位还是在东察合台汗国后期，由突厥化的蒙古统治者强力推动，距今也不过三四百年。吐鲁番地区伊斯兰化之后，原先的各种宗教和文化仍有遗存，所以在吐峪沟看到一些与正统信仰有些差别的现象，也就不奇怪了。比如坟墓边常可见到一些干透了的死鸡，这是当地人祭坟的风俗，与伊斯兰教并无关系。

在吐峪沟西侧，与之相邻的另一道沟胜金口，很久以前，曾是西域祆教徒聚居的地方。新疆学者钱伯泉考证说，“胜金”与“渗渗”“萨珊”语音同源，是波斯祆教的汉语转音。“星星峡”亦然，在西域伊斯兰化之前，星星峡是西域萨珊文化和汉地儒道文化的界壑。

一个阴霾的下午，我举意探访霍加木麻扎，为先贤也为自己做个都哇。循着曲曲折折的巷子找到“参观入口处”，但把门的维吾尔小伙子要收二十元门票，我说是来做个都哇，也不成。生气了，就顺原路返回，走到一个高处，回头向北望去，见一个白衣老者正向墓园攀去。老人进了墓园，站在廊亭前，似乎朝我这边望了一眼，然后捧起双手，好像要带着我一样。我赶忙卸下背包，也照着样子立定捧手，悄悄用余光打量老人的动作。约有一分钟，或者还不到一分钟吧，老人高扬双手、抹面，我也照做，并低念一声“阿敏”，心底暗暗欣慰，总算不虚此行。本来面朝西的老人，此时侧转身体，完全对着我。因为隔着二三百米距离，光线不好，看不清模样，我赶紧取出相机，以长焦拉近，从取景框里看到，老人头缠戴斯塔尔，穿着过膝的白衫和宽腿白裤，赤脚。没有看清面目，隐约记得是灰白胡子，很长，但不浓密。白衣老人和后面的黄土廊亭相衬出的画面很美，赶紧按快门连拍了四张。这时老人移动了，他转身走向廊亭，隐在穹门后。

晚上用宾馆房间的电视机回放数码照片，却看不到老人。四张照片都很清晰，麻扎、廊亭都在，就是没有那个老人……

东天山南麓的哈密盆地，面积三万余平方公里。盆地中部的库鲁克郭勒河故道北缘，自东向西散布着大大小小的村镇，是盆地人口最密集的区域，也是哈密维吾尔人居住集中的地方。从哈密市沿国道西行三十公里，满眼看去尽是坦荡无边的茫茫戈壁，虽是初春，已感到热浪蒸腾。沿一条碎石公路向南，就进入了五堡绿洲。

五堡乡有一万多人口，汉民占十分之一，另有不足百人的回民，其余全是维吾尔人。村民以大田耕作、庭院种植和栏圈蓄养为主要生产方式，是典型的传统绿洲经济。村落建筑带有浓郁的维吾尔文化特征。我们去的这家院落宽大，种着一院子枣树。这些年，五堡大枣闻名海内，当地农民因而获利，过上了宽松富裕的日子。午饭后，这家主人提来一麻袋红枣，个个都有鸡蛋大小，八十元一公斤不还价。说实话，我还没见过这么贵的红枣，就没有买。后来听人说，这个价已经是很便宜的了。

下午，主人家来了十几个维吾尔妇女，诵读《古兰经》。这些妇女都会诵读阿拉伯文《古兰经》，经书依次传递，每人读一些章节。现场气氛庄重肃穆，妇女们为自己的宗教情怀所感动，不时有人低首轻泣。其后，她们在围坐的布单中间，撒下一些杏核、枣核、纽扣之物，或将其排列成行，或摆成环圈状，这是诵念赞主赞圣辞章时计数用的，我在其他穆斯林民族诵经场合上没有看见过。

课题组打算还原一场哈密维吾尔民间的匹尔。整整一个下午，课题组负责人周教授都在找人商量交涉，到黄昏时，总算有眉目了。只是操办者久不务业，道具不足。周教授答应买齐材料，活动定在第二天上午，地点也选好了，是一个临街的老房子。

第二天，我们带着从哈密买来的白布和彩布赶来时，情况变了。周教授一脸不快，与维吾尔村民站在当街理论。周教授维吾尔语很好，嗓门很大，一副得理不让的架势，而周围的人则是小声地应承解释。

这个时候，我留心观察了这所被用来表演匹尔的老房子。房子挨着土巷子，院墙大半已塌毁，进门是一间大屋，当中立着根木柱支着屋顶的椽子，屋里有一爿矮炕，占着将近一半的地面，除了炕上铺着的一领残席，屋内再也无任何家什物件。屋内尽是黄土，疑心这是个久无人居的弃屋。不过，屋子后墙的根角处却开着一个穹形门隧道，望去昏暗幽深，隧道的尽头，还连着个天井小院，阳光晃眼。有个老妇人的身影在那儿一闪就不见了。这间旧屋的确是举办匹尔的好地方，阴森森的，好像通着古今一般。

“匹尔”一词源自波斯语，有“仙女”的涵义。匹尔是维吾尔先民传下的一种巫术，是民间巫医为人祛邪治病的。因为匹尔中包含着很强的歌舞成分，向来为民族民间传统歌舞研究者所重视。伊斯兰教传到东疆后，一神论信仰体系视匹尔为异端邪术，向来排斥；进入现代社会，也因匹尔没有科学性而不被官方认可。匹尔处在宗教与科学的夹缝中，处境尴尬。

匹尔的表演最终没有搞成。头天同意操办的老人，曾当过队干部，还好说话。但老汉的儿子知道后，坚决不同意父亲做这件事，清真寺的阿訇也不赞成。

还好，村民说中午有个小型麦西来甫，欢迎我们参加。麦西来甫的地点选在村边麦场上，背景是一片粉白杏林，画面感觉非常好，很原生态。参加麦西来甫的人数不多，但乐队还算整齐，哈密木卡姆中使用的乐器全部搬出来了。女人们都换上了艳丽的民族服装，在春天的阳光下，显得格外扎眼。哈密维吾尔妇女的服饰很有特点，与新疆其他地方的维吾尔服饰都不相同。

哈密为“西域襟喉”，自古以来，就是各民族杂居、草原游牧文明和绿洲农耕文明交汇融合之所，也是回鹘西迁早先到达的地方。相对于新疆其他地区，哈密地区的维吾尔较多保留了古代回鹘文化传统。因靠近内地，哈密的维吾尔也更多地受到汉文化的影响。

哈密维吾尔民间刺绣在图案样式上，更接近满汉文化。满族文化的影响主要表现在宫廷制式图案上，这是由一段历史时期的政治状态决定的；而汉文化的影响，则蕴涵于图案的构思、布局、色彩和寓意中，应该说更为普遍和多样。初识者往往以为，哈密维吾尔服饰针迹细腻、华贵雍容，与中原官宦世家的衣装并无二致。缘有清一代，哈密君王概由朝廷册封，上层贵族多着官服。一般来说，一个地方上流社会和上层人物的服装时尚总会被民间模仿。这类等级繁琐的制式服装及其标志图案，如莲花、如意、佛手、孔雀、凤凰、团鹤等纹样，在新疆其他地区的维吾尔民间绝难见到，唯哈密地区独有，从中便可考察哈密回王对清政府曾经的附和关系。不过，这些图案样式虽取自官服，但被民间采用后，即赋予了新的寓意，与其原有的官衔、阶级含义已大相径庭了。

突然刮起了风。

处在下风位置的乐队演奏得很辛苦。这些乐手都是农民，平素操持田地家务，需要的时候自带家伙上场。维吾尔是个乐感极强的民族，一二十人的乐队，根本不需要排练，也没有乐队指挥，就靠着天生的默契能把几十分钟乃至数小时的乐段演奏得自如流畅、滴水不漏。兴趣来了，“纳格拉”鼓手还会来点加花变奏，即兴改变乐曲的节拍，操琴的、吹奏的立马跟上，一点不乱。村民在场院围成一个大圈，人们随心所欲，在圈内舞蹈。麦西来甫到达高潮时，圈子不见了，除乐队以外的所有人都在场院手舞足蹈，自娱自乐。

维吾尔人忠实于麦西来甫，他们的认真、热情，给人印象深刻。

日落时分，西天鱼鳞般的布满火烧云，美丽壮观。我在村里随意闲走，一户人家的后院，母羊正在生产小羊，小羊一落地，就滚成个泥团。母羊慈爱地舔去幼子身上的稀泥，用鼻子拱着，想让它站起来。在用相机拍下这些过程之后，我开始担心小羊无人照料，夜晚会被冻坏，就大声喊叫。后院边角的厕所墙后，有人探出半个身子，笑着应承。

二

新疆曲子是中国西北地区各种演唱形式在东疆、北疆流行过程中，融和本地方言和民间小调逐渐形成的一种曲艺形式，是新疆汉族民间特有的。哈密是新疆曲子的源头之一。

史料记载，公元纪年前后，即有中原汉人迁居哈密。东汉永平十六年（公元73年），政府在这里设立宜禾都尉，汉人在此留兵屯田。南北朝时，有汉人流民两千余户在伊吾（今哈密）建立过自治政权，与敦煌汉人麹氏在吐鲁番地区建立的高昌国各领一段风骚。至隋唐时期，汉人迁居不绝。清代新疆建省，更有大批汉人迁居哈密。汉族是哈密地区人口最多的民族，且多为百年老户。哈密近郊村镇风貌，与内地几乎完全一样。

新疆小曲子曾经在东北疆一带汉族聚居区流传甚广。哈密市陶家宫乡就是一个有年头的汉族聚居地。

陶家宫乡五十岁以上的老年人，能记忆和演唱小曲子的曲目、段子已长短不齐。看来小曲子即便在它的滥觞之地，其存活的状态也不容乐观。小曲子曲调平淡简单，高亢及委婉均不及秦腔；其故事简单，无帝王将相，也无绿林强梁，不外家庭不睦、夫妻失和等。这样的艺种如何能在民间流传百年？一定还有其他妙处。果然，在随后调查中，渐知小曲子原有“粉”“素”两类。早先艺人们游走坊间，经常是“素曲”开场，唱个家长里短，人间苦乐；到了晚上，便斥退妇人、娃儿，“粉段子”上台，为庄稼苦汉、贩夫走卒之辈松筋活血、止痛挠痒，不唱到酣畅淋漓定不收口。西域汉人的苦焦岁月，因小曲子的存在而有了点点滋润，也算是它尽到自己的文化功能了。如将小曲子剥离出民间土壤，雅则雅矣，能否自存肯定是个问题。比如相声，由地摊走上五光十色的舞台，却在不觉中送了自己的性命。

哈密尚在人世的小曲子艺人有两位，一个住在乡下，一个住在城里。住在乡下的老艺人其家庭状况和身体情况尚可。住在哈密城里那位，已双目失明，无人搀扶则无法挪动。其院落残破，四壁空空，靠日趋老迈的女儿照料。老人回忆当年在迪化城内当班社头目时的风光，仍兴致勃勃。但要请他唱两段录作资料时，却重言搭句、口齿不清，无法进行下去。为留下档案照片，我们将老人扶到院子里坐下，怀抱弦松得掉下半截儿的乐器照相。战战兢兢地拍完，还感后怕，“太吓人了！那么个弱老汉一个人坐在板凳上，跟前连个扶的人都没有，万一一个仰绊子跌倒咋办？”

与身着西服革履、头面油光的曲子剧团的名角儿相比，眼前的这位老艺人，恐怕才是新疆小曲子的真实写照。

天山山脉自西向东，山势渐微，山脉的东部远没有西部那样巍峨险峻，山势变得低矮，分布着大大小小的豁谷。历史上，那些不为人知的山涧豁口，常常是山北草原民族出奇兵之处，让山南盆地的小城邦国猝不及防。

由哈密北上，经过东天山隘口就进入了草原地带。北出天山，回头看去，脚下的丘陵竟与南面山顶齐平。积雪还未化尽，山风冰冷刺骨。面朝西北，巴里坤盆地已然在望。

研究者一般认为，巴里坤是新疆传统汉文化最为集中的地方。稍晚形成的丝绸之路新北道，为这个小城带来了繁荣，“无数铃声遥过碛，应驮白练到安西。”从时间上看，丝绸之路越往近代就越向北移。公元前后，由敦煌出经昆仑山脉南麓西行的南路繁盛，这是张骞出使西域的道路。汉以后至唐，经河西走廊进哈密、鄯善，再沿天山南麓西行至葱岭，这是班超、侯君集以及各类都督、节度使们走过的路，史家谓之“中路”。是时南路虽也在使用，但几近荒废。近代，经星星峡进入新疆哈密，由哈密向北、向西越天山进入草原地带，是谓“北道”。纪晓岚、洪亮吉、林则徐、宋伯鲁贬新疆时走的就是北道。北道也有两条线路：其一，由哈密向北穿东天山库舍图山岭孔道抵达松树塘，到口门子折向西到巴里坤，经木垒、奇台、吉木萨尔而至乌鲁木齐、伊犁；其二，离哈密后沿天山南麓向西，经五堡、瞭墩、十三间房、七角井越色皮口到木垒汇入巴里坤古道。

清代经营西域，及至建省新疆，巴里坤一直是军屯、民屯和商屯之所在。1993年，我在甘肃酒泉，见城西关门上赫然刻书“西去伊吾”四字。当地人说，打此门出，端直子走，就到巴里坤。陕甘汉人从河西出关，加入经蒙地而来的山西、天津商队，一路向西汇聚到巴里坤，整顿驼队，分散货流，形成一个汉族聚居地。还有重要的一点，内地汉族商户和流民进入西域，需要军队的保护，而巴里坤自清开疆后，一直驻有重兵。

实际上，还有一条路早已被民间开发出来，就是由巴里坤向东直入蒙地，穿越内蒙古草原抵京津。相比之下，这条“新北道”取弓弦之位，距内地路程更近，途中水草尽有，更少匪盗，一年可做往返。只是由于外蒙古的独立，“新北道”最终未成气候。

近代中原汉人由北路进入新疆，从哈密、伊吾、巴里坤、木垒、奇台、吉木萨尔向西一路排开，巴里坤是这条流水大道上的重要汇聚地和沉淀所。

中原人带来了农业，庄稼活儿是汉人与生俱来的本领。他们把一个个商旅军队的驿站变成阡陌纵横、人烟稠密的村镇。天山北坡漫长寒冷的冬季需要让人活泛温暖的东西打发，新疆小曲子出现了，并在清末民初达到鼎盛，出现了众多班社和艺人，在民间影响很大。时至今日，虽然小曲子的发展高峰已经过去，但在民间的影响依然存现着。在东疆、北疆的乡庄、城镇，近些年陆续恢复和组织了一些自娱娱人的小曲子班社，并影响到当地的其他民族。

巴里坤的乡镇文化站也有小曲子班社，人员年龄较轻，还有未婚的小姑娘参与其中。新编了反映当代农村生活的段子，比如农村青年外出打工和现代消费观念的段子。原先曲目中常见的二流子丈夫或包办婚姻的悲情戏，现在都没有了，可见小曲子历来是与民众眼前的生活现实紧密结合的。

因为是纯粹的民间艺术，小曲子在表演形式上很自由，道具极为简单，表演空间的象征性看上去更强一些，演出者自由发挥的空间很大。那些在民间很习惯的动作，观众一眼就能看出意思。冬天，小曲子多在室内演唱，场地虽然狭小，表演者依然自若地迈着八字或十字步，戏做得有声有色。即便把他们移到一面大土炕上，看起来也不会影响戏份。小曲子是很适合游走于旅店、驿站和庄户人家庭的艺术。想象一下百年前吧！在汽灯或马灯下，烧着大铁皮火炉，在刺鼻的莫合烟中，艺人们弹着三弦，敲着碰铃，咿咿呀呀的演唱情景。

小曲子太皮实了，像戈壁碱滩的苦蒿、红柳，从不计较土壤的酸碱，只要有一点点水，就能存活。抑或是曾经有水而后枯竭之地，它也能挺着枯死的茎秆，让人对它曾经的茁壮有一点联想和念想，这是我在三塘湖看到当地小曲子班社时的感触。

三塘湖在中蒙边境上，说是边境，其实离边境还很远，只是过了三塘湖，向东就再无人烟。班社一色是老男人，三弦、胡琴和响板是全套乐器。演唱者不固定，操琴的、使板儿的谁都可以唱几段。他们的演唱是我没有见过的，十分粗粝劲道，不是口腔或胸腔共鸣音，而是把肺叶里的空气借助喉咙这个管道挤压出来的声响，人的发声系统的所有优势和毛病都充分地暴露出来。班社里老人们的形象特征也给人印象深刻，憨厚的、木讷的、阴霾的、傲慢的。我们的录制现场，可能不是他们表达情感最好的地方，换句话说，他们的真实情感，或许并没有完全袒露。这种隔膜是存在的，是可以立刻感觉到的，他们和我们是两回事儿。小曲子在这个边远封闭的乡庄，是他们生活乃至生命的一部分，在他们中真实和自在，而对于我们这些调查者，情景却是两样。班社的老人们走过场式地完成了乡干部布置的活儿，而我却在这个过场中，偶然发现了曲子的真实。

午饭时，乡里的干部随口说，三塘湖“社情复杂”，当年的土改工作队，被土匪杀得一个不剩。“土匪有多少呢？”有人问。

“全部都是！”乡干部脸色阴沉，就像刚穿越回来。

东天山北麓的奇台、木垒被考证出的历史已经太长了。奇台出土了恐龙骨架和完整的恐龙蛋化石，陈列在博物馆的柜子里。木垒城南的山前丘陵地带，挖掘出远古时候人类居住的石穴和村落，露天敞在草木间，年复一年地接受着日光月华。草坡上到处都是散落的红褐色土陶残片，俯仰即拾。

这是块宝地，东西两侧是平缓的丘岗，夏季，漫野成长着小麦和油菜，绿的、金黄的色彩饱满养目。田野里零星地长着一些大树，在弧形起伏的地平线上，高傲地扬着绿菇一样的树冠。丘岗之间，是山涧河道，河两岸还有宽敞的滩地，分割成平整的块田，种着苞谷、豌豆。居民的房舍、水磨坊三三两两地分布在河滩上，被大树的绿荫遮蔽着，若隐若现。

这个地方叫四道沟，老地名叫“回回槽子”，显然该地是回民较多的地方，可现在竟然只有几家，还是近些年迁来的。原来的那些回民到哪去了呢？回民过亦农亦牧的生活最适宜，而这里是紧靠大山的川岗之地，光照充足，水量充沛，植被优良，最适合种植和牧养，回回们放弃此地迁徙他处没有道理啊！

经不住我一天一次地问，一位小曲子老艺人给我说，尕司令（马仲英）1933年6月和盛世才在阜康打仗，败了，马家队伍从奇台、木垒河翻过天山退到鄯善，这一带的回民没有一个剩下的，活着的、能动弹的全跟着跑了。

原来如此。

马仲英围攻迪化的失败，腾空了东疆的地面，及至今日，在木垒周遭，也仍几乎全是清一色的汉民村庄。这种民族分布状态，在新疆其他地方是见不到的。政治动乱和军事冲突引起的民族间的对立、仇恨和杀戮，常常是不加区别的狂风暴雨，使经历过的人在几十年后回忆起来，仍然心有余悸。

木垒乡村就像是个汉族人口博物馆，几乎可以见到百年来任何时期来疆的中国内地任何省份的汉人。这是个国家级贫困县，时间在这里似乎是停顿的，1962年建造的供销社商店至今还在十字街口。已经退休的班社社头老徐兴致勃勃地给我讲述年轻时坐在商店门口，冲着路过的俊丫头吹口哨的情景。他眉飞色舞，就像刚刚发生的事。在路上，我们遇到一个步行的老妇人，搭在车上，一问是江苏人，20世纪50年代进疆到木垒，居然一次也没有回过家乡。还有平整晒场的老农，山东人，一遍遍地说，木垒光线好、空气好、人好，是他这辈子最喜欢的地方。

在我看来，如果人生淡泊一点，自给自足，吃饱穿暖，仰面朝天，木垒真的就是个最宜人居住的地方。在新疆，这样的地方还有不少。

平顶山是东天山北坡的草原丘陵，都被开垦成农田，漫坡播种，靠天吃饭。因为气候湿凉，麦子长得很低就抽穗了，这样产量也不会好。不过农户们在地里也没啥投入，不灌溉，不施化肥，收成多也好少也好由它去吧！还有大片的豌豆和鹰嘴豆田，后者是木垒当地的特产。

进出平顶山不易。修好的公路经过一冬一春的冰冻和融化，很快就塌陷得不成样子，不愿坐拖拉机的人就进不了平顶山，乡民们一脸憨笑，仿佛活在世外。陪同的一位县政府干部，在木垒三十年了，竟然也是第一次上平顶山。

当地班社演唱的小曲子，全部都是古旧内容，调查组的专家如获至宝。调查活动结束后，我们收拾东西在下泉子村吃饭。当地哈萨克人宰的羊，以照顾调查组成员对清真食品的要求。一顿羊肉纳仁饭后，就在院子里弄些黄瓜、萝卜、西红柿和洋葱切了拌上，喝酒。酒是当地产的糜子原酒，用五公斤的塑料桶装，有七十多度。

木垒人喝酒很厉害。当地班社社头说，20世纪70年代白酒少时，大家都喝医用酒精，五百克一瓶酒精，兑四瓶水。酒精要先用胡萝卜泡上，这样可以去掉苦味，颜色淡红，好看，结婚的人家都拿来待客。另一个老汉插话说，如果人多，就往酒精里掺一把白糖，放在火上加热到烫嘴，五百克的酒精可以放倒六个大汉子。

这里是农牧业区，除了种地放养，再没有别的生计，看上去居民生活状况一般，不过精神面貌很好，那种自足、自乐的纯朴、直率，在其他地方的汉族人身上很难见到。

新疆东北部的巴里坤、奇台至阜康一线，属于传统意义的汉族文化区，其文化的流布和渗透是民间的、自动的，不是来自官方和行政推动。奇台是个老移民和商民汇聚的城镇，车马店老板和商铺掌柜的性格特征在很多奇台人身上都有遗传，看上去干练、自负，还有点儿眼观六路的狡猾。奇台达人说，走遍中国，看得上眼的只有四个大城市，北京、上海、乌鲁木齐和奇台。能把乌鲁木齐排在奇台前面，是奇台达人的谦逊和客气。

就在这个汉族传统文化氛围浓郁的地方，也仍然能够感受到别样的文化风情。一些民间演艺班社为婚礼等喜庆活动助兴，他们也出没饭店酒楼为客人演出。席间，服务员领进来一个面目俊朗、衣装鲜亮到很扎眼的维吾尔中年男士，很傲气却故作谦卑。他递过一张折页纸片，列着他的班社可以胜任地演出节目。

班社的节目主要以滑稽幽默类为主，也演唱一些奇台本地各民族歌谣。新疆有尊重歌舞艺术的传统，即便是勾栏瓦肆的卖艺者，也不会被歧视。如果演技高超，并能调动起那些内敛客人的表演热情，更会得到大家的热烈掌声和欢呼，获得口碑。

作为一个维吾尔班社，当然也有自己的保留节目。一阵喧闹之后，班社社头说要为大伙演唱一首维吾尔传统歌曲，鼓乐奏响了，艾捷克扯开了弓弦，一位女艺人怀握双手，委婉开唱。正在与人闲聊的课题组周教授忽然怔住，专注地听着。还未等唱完，他便击掌叫停，唤来社头问话。

“这是《朱拉》，你们也会？”

社头更惊奇，眼前这个大胡子汉族人居然知道《朱拉》。当他知道这个大胡子就是周吉，在维吾尔民间叫作居玛洪的人时，一脸羞惭，一再表示不应该在这种场合演唱这样尊贵的歌曲。

《朱拉》是维吾尔木卡姆套曲中的一支，维吾尔人对木卡姆的尊重非同寻常。周吉了解到，这个班社的成员都是奇台本地生人，所学的木卡姆章节都是老一辈传下来的。周吉兴奋起来，原以为北疆只伊犁有木卡姆，现在发现奇台也有。如果确证是家传，那么经车师古道从吐鲁番传过来的可能性非常大。

这家班社因为周吉的发现，2007年5月，他们参加了在成都举办的“国际非物质文化遗产节”，在成都献演。与专业团体相比，这个成长在底层的民间班社更有与民众互动的经验，所以每个演出场合，都能引起一片喧嚣和骚动。在内地受欢迎的程度使他们感到意外，由此萌发了“走穴”的念头。班社的苏乃依手私下跟我商量，希望我带他们到内地大城市演出，挣的钱大家平分。

周吉先生一生研究维吾尔乐舞，对维吾尔木卡姆申报列入人类非物质文化遗产代表作名录贡献卓著。申遗成功一年后，周吉先生去北京参加中国音乐学院组织的学术会议，夜晚因脑出血突然病故，时年六十五岁。

（原载《西域文化》2010年第2期）

回　乡

2007年元旦，新疆北部普降大雪。

从乌鲁木齐上火车时，雪下得又急又密。一夜火车，再换乘汽车赶到博乐市时，天还没亮，雪也没有停，雪幕背后的路灯拖曳着橘黄色的光旋转着。街上几乎没有行人，宽阔的街道像深犁过的田垄一样，满是歪歪拧拧壕沟似的车辙。已经好久没有回来了，如同夫妻长别，亲切中有一种陌生的欣喜。

两位老人相继去世后，家乡变成一个概念，那种每每想起就能焕发出的热情和思念，已渐渐淡去。年末时，老姐打来电话告诉我外甥小三要结婚了，因为正值年底，琐事缠身，就推说打些钱去，看着给买件东西。老姐说，外甥办喜事，哪有舅舅不出面的，那还不让人家笑死，“看你以后在外甥跟前茶碗子咋么个端稳呢，再忙你也要回来！”

北疆冬季漫长，乡下有几近半年的闲暇，时间宽松，手头宽裕，正是办喜事的好时节。明日接亲待客，今天一早家里就开始了忙乱。天刚亮，帮忙的女眷们就铺开了摊子，切肉的、剥葱的、洗辣皮子的、捣蒜泥的、蒸花卷馒头的、拔鸡毛剖鱼膛的，嘈嘈杂杂，不亦乐乎。老姐夫在院子里砌了两个大灶，添满大块煤，烧得旺旺的，像炼铁炉子，烤得人都凑不到跟前。我责怪说这么早就生起炉子，浪费。老姐夫嘿哧嘿哧地笑着说，这样不是热闹嘛！大外甥抢白道，行了吧，前天他盘了个灶，点上火就化掉了，踏成了一堆泥，我老娘嘟囔了两天啦……

其实要我回来，并不做些啥事，无外是壮个势。俗话说，钱是人胆，人是人势。回族有重视女系亲属的传统，比如，对于陌生的长辈，一般都尊称老姨夫、老姨娘。乡俗中，对舅舅很当事，婚典殡礼这样的场合，舅舅是一定要出头露脸的。

屋里、院子里，人们出出进进地忙活，咋呼吵闹，小孩子们更是不闲着，啥时候掀起棉门帘子，都能露出一两个冻得红扑扑的小脸来，正要进来或者出去，不留神就被人碰翻在地。只有良种场的表姐面色凝重、悄无声息地坐在一边的小房子里。我知道，她是心上重。她的丈夫，我叫全明哥的，半年前因肝癌去世了，还不到五十五岁。

表姐与我家并没有亲戚关系。20世纪70年代初，她和全明哥从甘肃农村辗转来新疆，到博尔塔拉后，就留在一个牧业队放牧。两口子打听到跟前农场连队里有一家回民，就投奔过来，认我母亲做干妈。夏天，他俩赶着羊群转场到山里的夏草场，一双儿女就留在我家，在农场的小学上学。在那个清贫寒苦的年代，回民乡亲的日子难熬啊！

眼窝凹深、身板精瘦、固执倔犟而又不通算计的全明哥，用我母亲的话说，是个在“苦罐罐子里煎熬的人”。一年四季，不在地里，就在牲畜圈里或是草料垛上。啥时候，身上都散发着一股干苜蓿的酸腐味儿。他是家里的长子，下面有四个妹子。全明哥一生的作为就是将父母从甘肃老家接来新疆，安顿好拖家带口的两个大妹子，又将两个小妹子嫁出去。后来，又为自己的一双儿女娶媳办嫁——因为这些操持，他背了十多万元的债。表姐因漫无尽头的苦日子和沉重的债务一度离家出走，在外面给回民人家带孩子、在饭馆帮工。做这些事一般都没有报酬，无非是回民乡亲看着可怜，给她个容身的地方。等到人家开口劝她回家安身过日子时，她就收拾起包裹，去找下一个落脚点。隔上一些日子，表姐就会来我家看望干妈，少不了和我母亲哭成一团。

全明哥的苦难一直延续到20世纪末才结束。儿子成家后，父子俩开垦了一百多亩荒碱地，住在远离村庄的荒滩上，顶着星星出工，望着月亮收工，折腾了三年，地里总算长出了棉苗。此后的数年冬天，他体验到了“麻袋装钱”的欢快——所有的欠账都还上了，马全明骑着摩托车在庄子里扬眉吐气。

2005年初夏，在自治区肿瘤医院住院部的走廊里，我和全明哥默默地坐着。“唉，咋搞的嘛！拉了几十年的账刚还完，才见上个钱，庄子里的人都换口了，叫上‘马老板’了，你看得了这么个病。”

我无法对他隐瞒病情，也不知如何安慰他。他对自己的病情了如指掌，在相继送走了母亲、父亲之后，我对回民的生死观有了直接的体验，真正明白了什么是“视死如归”。眼前的全明哥，对生的世界只是一种挂扯，他并不等着听我说什么，“我也好着哩，为主的口唤到了，我还能把账还上，知感得很哪！我身上的担子脱离了，娃们也轻省了！”

我们清清淡淡地聊着，都是些过去的事。催促探视者离开的护士已过来了两次。天已经黑透了，街上车水马龙，不远处，新市区火炬大厦被投光灯照射得妖艳轻佻。我该走了，起身时，全明哥突然抓住我的手紧握着说：“来拿个手吧！咱弟兄们在后世里头还能见上哩！”

虽然笑着，但我看见他眼睛里分明地闪着泪光。

隔了一天，下班再去医院，已经不见了全明哥，医生说病人昨天已经办理出院手续走了。马上打了他儿子的手机，儿子说，他爸爸说算了，不治了，趁着还能动弹，赶紧回！怕耽误我工作，就没有给我说……

二十几天后，一个下雨的星期五，礼拜后，我在陕西大寺边上的小店里吃馄饨。这时手机响了，是全明哥的儿子打来的，小伙子带着哭腔说，他父亲早晨完掉了，下午送埋体，想我也赶不过来，给我说一声……

我合上手机盖，哽咽无语。透过古旧格窗，望着雨幕中清真寺斑驳的廊柱和瓦檐的流水，一直到泪眼蒙眬。

听阿訇说，主麻这天去世的人，不受打算。我这样宽慰着全明的儿子，也宽慰着自己。

表姐是在儿子结婚前回的家，帮助全明哥操持家务，算是参与了家庭振兴的过程。这会儿，从穿戴到言谈都非往日可比，只是眉目间的那一层忧郁的灰霜越发显得浓了。她告诉我，全明回家后就开始出现腹水，但还下地干活儿，谁也拦不住，那时候也是地里最忙的时候。有一天早上起来，突然说，他咋啦，咋啦？就昏迷过去，醒来后就不认识人了。在炕上睡了一天一夜，到天麻麻亮的时候完掉的——“无常的时候跟前有人吗？”我问。表姐说，都在呢！娃们、妹妹妹夫们、队上的，还有良种场的杨阿訇……

这多少让我有些心安，因为害怕一个好人的离世太过凄惶，会使我对生命的归属有一点点疑惑。

不断地有亲戚来。院子里、前厅里，“色俩目”在高声地应答。也有人掀开门帘露半个身子打招呼，表姐只是勉强地挤点笑容应承一下，就不作言语。对经历了太多的磨难、内心充满伤痛的人，幸福的感觉可能已与这个世界无关了。

“咱妈还不是一样嘛，你刚参加工作，挣钱了，她才把日子活到人前头，说没有就没有了。”她望着窗外的北山，幽幽地说，“你姐姐的、你哥的，还有我们那两个娃，妈哪个没有拉扯过，得了谁的好了？唉——”

外甥小三的婚事，可谓迅速，从谈妥到定亲再到成亲，就一个月时间。

回族青年选择对象不容易，两厢情愿，双方长辈满意，就可算是天作之合。十年前姐姐为大儿子办了婚事，算来已空下了好长的日子，刚好利用这次的婚事集合亲友，为家族添些旺盛气象。回族农家办事很有意思，亲戚中的女眷会早早赶来帮忙“浪亲戚”，浪亲戚的时间很长。还要请上一位“总管”，统领逐项事务。总管是地方上的显人，能说会道，利利索索，左右都能周旋到位，当然在教门和人品上也不能有太大的问题。姐姐请的总管是广玉老汉，也是我的本家。这会儿正和几位能拿事的男人凑在一起，商量仪式的规程，你一句我一句，那些几乎忘记了的土风乡俗，这时也会想到并全美起来。广玉老汉是地道的农民，平素操持着地里的活计、圈里的头口，可一旦受托负任，立刻就像换了一个人，言出必行，令行禁止，不管是社会上有头有脸的人物，还是吃官饭的干部，这时都得俯首帖耳地听命。回族存在着一种民间形态，这种形态是内在的，根植于家族、教门和乡里关系中，根基牢固，厚重无形。即使远在千里之外谋生的人，在旧地仍有他一个合适的位置，一般不能僭越。了解这一点，就能在回族民间圈子里活得有滋有味；不明白的人，或以混来的官身、地位想在亲戚中显露一番，多半会无功，身后落下笑柄。

回族有聚居的天性。一旦聚居形成，就是一个相对封闭的生活环境，一些古旧的风俗，还能完整地保留下来。比如新媳妇开脸、要公婆等婚礼习俗。

元月4日是个好天气，地面银装素裹，天空湛蓝无垠，空气清冽，连树上的麻雀都叫得格外欢实。因为亲家路远，迎亲的车队半夜就出发了，太阳刚刚把金黄色的光芒投射到北面的雪山上，花枝招展的车队已停在村口。

安格里格乡的回民队，在阿拉套山南坡下，紧靠博尔塔拉河，以青海籍回民居多，外甥的岳父母就住在这儿。在报社工作时，曾来这里采访过，算起来已是十六七年以前了。当地属于山区，夏季偏凉，只能种植小麦、玉米和土豆之类的农作物，兼以家庭牧业，生产方式相对宽松自由。20世纪七八十年代，这里居民的生活水平在地区还是比较高的，被人羡慕。现在，和博尔塔拉河下游的棉花种植区比起来，已经落后了一大截，连村庄建设都要比别的地方差一些。不过，当地人似乎十分满足于这种亦农亦牧的生存状态，悠然自得。在他们看来，什么铺地薄膜啦、解放棉花苗啦、喷矮壮素和3911农药啦，以及到城里客运站争抢拾花工，天天关注籽棉皮棉的价格等这些事，哪里是一个庄户人能操心过来的，想一想脑仁子都疼。这个队的回民乡亲认为，种洋芋、苞谷、麦子，养牛、养羊才是回民庄户应该干的正经事。如果冬闲时能做些皮货、药材的小买卖，那就是了不得的能人啦！

“尼卡哈”定在女方家念。

在伊斯兰教义里，“尼卡哈”是婚姻成立的关键，不能马虎。“尼卡哈”可以在清真寺举行，也可在男女任何一方家里。回族民间出于对女儿出嫁的慎重，很多选在女方家里念，夫家一般都顺遂亲家的心愿。“尼卡哈”由阿訇主持，男女双方的男性亲属参加，新媳妇由女眷陪同，在另一间屋里，看不见现场但能听到声音。阿訇先诵念《古兰经》经文，再向新女婿和在场的听众讲述一番教义，然后询问男女双方的结婚意愿，得到本人明白表述确认后，阿訇念婚姻证词，向在场的男女老少抛撒糖果，“尼卡哈”全美完成。

阿訇和长辈们围炕桌而坐，外甥小三和伴郎披红挂绿坐在炕外下首。念的、听的和门道口挤成一堆围观的，都神情肃穆。这使得接下来迸发出的抢核桃的热烈场面来得突兀生硬，连一点情绪的过渡都来不及。

俗话说“十里不同俗”，即便同族同教，规矩还有长短。因为事先有媒人充分沟通，规程走得清爽、顺畅。念完“尼卡哈”后，娘家人也要给新女婿披红挂绿，摆席待客，小伙子们穿梭于各个房间，干净利落地添茶倒水，传递菜肴。在大门外和村口上，还有汉族、哈萨克族、蒙古族、回族等各民族少龄男女三五成群地专心等候着。

“喜事嘛，对不对！再说，咱们队上的丫头别人随便拿走行吗？”看起来，今天还有不少的红包喜糖需要打发。

没有考证过回族“耍公婆”风俗的来历，但我推测那时间恐怕要久远得多。“喜事三天无大小。”平素严肃拘谨的老阿爷、平日里不敢造次的毛头小子，这个时候全成了嘻嘻哈哈的玩主。人们想方设法，既要夸张、幽默、风趣，尽量营造出强烈的喜剧效果，又要使当事人乐于接受、甘于配合。高帽子是头几天就糊好的，还要用干辣椒、土豆、胡萝卜等做成耳饰和项圈。公婆的脸上被锅底的黑灰和胭脂画过，腰上系着大绳，这是要为新媳妇拉花车准备的。回族在新疆，通常被别的民族看作是比较古板的一类，日常缺少音乐、舞蹈等娱乐活动，而婚俗中的这些表现，着实也会让人吃一惊。

迎亲车队来到连队路口，就看见一群回汉乡亲押着涂成花脸带着纸筒帽子的老姐和姐夫在路中间等着。那些辣椒、萝卜的道具，一样都不少。

老姐家住的那个连队，原来是清一色的汉族人，这些年来，从甘肃、宁夏山区过来一些回民在此垦荒，现在定居下来的已有二十多户。十几年前跟随父母进新疆的娃娃，现在已长成青年，说话走势已与本地年轻人无异，有的已经娶妻生子，完全融入当地社会中了。

新郎抱着新娘入了洞房，公婆洗去脸上的墨迹，客人们大呼小叫、推推搡搡地让着“坐席”。回族筵席不设烟酒，男女分席，新郎、管家或是公婆要给客人说“色俩目”，宴席才能开始。席上传菜的都是精神、利索的小伙子，此时就是干着大事，出出进进，神色严峻。当然他们心里清楚，这个时候可能正被一些女客留意着，下一回的好事说不定就是自己啦！

燕子这种鸟儿如今在城市已见不到了，在乡下，冬季也难觅踪迹。然而，老姐家堆放杂物的小房子房梁上，居然有个燕子窝，泥巴啄成的。看见一只燕子熟门熟路地飞进来，自自在在地站在窝边，我很惊异。姐夫说，有三年了，这一家子，开春来了，秋后走了，今年咋没走呢？哦，可能是今年入冬时天气暖和没起身，突然一下上冻了，走不成了吧！

姐夫仰着脖子望了会儿说：“哟，怕是有燕娃子了！”

（原载《回族文学》2007年第5期）

河　湟

一

没有想到5月会下雪，更没想到是在兰州这块地方。

5月2日清晨要从兰州城走河湟，兰州城就笼罩在凄风苦雨中，就在兰州大学门前一处檐下候车避雨。街上行人稀少，更显空旷寂寞。五一大假时节，能走的都出门了，不愿走的，这天气恰好是睡觉的借口。

从乌鲁木齐来的我们，独立寒春。细心的坚韧兄带着一个羽绒背心，几番示意，我却没有接。想着天气形势不会一直这样严峻，胸中有阵阵暖潮泛起，为一个地名而激动。

河湟！

它的故事是耳顺的乡音，是铅印的字符，零零乱乱密密麻麻地挤压在我茫然的记忆里。一个民族的历史，能够浓缩在这样短促、这样窄狭的时空里，哪里能找到这样活生生的历史馆呢？在我少年时，常听到父亲将河州、西宁挂在嘴边，“古今”讲得就像正在发生一样。1988年夏初，母亲去世两个月后，我带着工作四年存下的几百块钱，去探访从未见过的老家——宁夏西吉。临行时问父亲，一起走吧？父亲长叹一声，摇了摇头。

在高高的山梁上，看见的依然是裸荒的大山，近处狰狞，远处苍莽，河湟还在目力所不能及的遥远的天边……我抹了把脸，把咸咸的眼泪在手掌心里搓干，然后，奔西北方向而去，再也没有回头，犹如当年我的父亲。

我的老家与河湟无缘。而那些故事呢？

西域回民，远自明末，近在当今，多来自中国西北内陆的几个省份，经商、从伍、逃难几乎就可以概括背井离乡的全部原因。当流放的汉族人满腹惆怅怀念着原籍的秀山碧水的时候，回民放下铺盖卷儿就打起院墙——炊烟升起了，牛羊归圈了，妇人站在院子门口唤叫贪玩的娃娃……第二年，简朴的清真寺就在村落边的高岗上建起。第三年，巡边的官儿坐着马车来了，先说了哈萨克语地名，再说了蒙古语地名，又说了维吾尔语地名，甚至连俄语地名也说了，围了一圈的回民老小面面相觑。

“十家堡子。这达是十家堡子！”有胆大的上前搭话。

官员在册子上记下了这个有用的地名。心里想：今年，扎哈里琼克（地名），不，不！十家堡子就能收到税了。

回民就是这样把西域与河西、河套、河湟甚至再远些的八百里秦川连了起来。

二

未见小马阿哥之前，有过电话交谈，听口音，像是儒雅书生，孰料竟是个红脸的粗壮汉子。此次河湟之行，小马阿哥前后操持，安排得面面俱到，受了大累。5月1日中午到达兰州，于坚韧家吃了午饭，到宾馆稍作安顿，便领着去寺里礼了撇什尼。接着一行又去访问灵明堂，看了上上下下，听了方方面面，礼了底格尔，还受了堂上老人家的干果茶饭款待。老人家一直把我们送到大门口，这才互道“色俩目”，郑重告辞。下得山来，步行过黄河大桥，看湟湟之水，观都市烟华，闲言碎语未了，已至大河彼岸。抬眼看，一座白色清真寺，果然峻伟，洗罢上殿，正在沙目时分。拜后出殿，已是夜幕低垂，隔岸万家灯火，河上光影斑斓。一行六人，三人一伙，沐风赏景，谈古论今，便到了小马阿哥楼下。又邀至家中，喝些茶水，续些闲话，不觉夜深。

真正的兄弟之情啊！

下雪了，在我们出兰州城的时候。

阴霾的天气，不能辨明方向，像无措地走进历史里。

车上，小马阿哥给我指点着东乡大山。那是座荒凉突兀、气势森然的大山，与身旁的稍低矮些的、长着宽叶树木的山丘好像没有什么联系。这也仿佛东乡人的性格，比如小净时洗脚吧，东乡族汉子拧开水龙头，掰开脚指头，洗得哗哗啦啦、热气腾腾，哪里理会旁边的回民老汉用汤瓶一下一下洗得精细小心？这是我在乌鲁木齐一些清真寺常见到的情景。

小马阿哥说，东乡大山和黄土高原连着呢。

过三甲集时，我的好友伊斯玛仪显然有些焦躁，坐不住了。

伊斯玛仪姓马，长我一岁，新疆伊犁人。1982年，他还在伊犁师院英语系上学时，我们就认识，算来已有二十二年了。但真正成为密友，还是他调到海关工作以后。从1992年年初到1996年，这段时间，我们经常在一块儿，因为工作上他对我有很多帮助，生活和信仰上也给了我很多指导。在我的印象里，他是个信仰很虔诚的人。有一次在我办公室，他为我讲解阿拉伯文的写法，边说边写，一会儿，纸写满了，都是赞主赞圣的语句。这时他为难了，觉着不好处理。

我说，烧掉吧！

他瞪我一眼，不行！

我想起小时候，母亲生病时总要我骑车到地方的村队找那个被管制的老阿訇讨都哇吃的事，就劝他吃掉，他也不同意。想了一会儿，也没想出好办法，只好叠了装进衣袋里。那时，我还不知他遵行的是伊赫瓦尼。

伊斯玛仪通英语、阿拉伯语、俄语，还懂一点波斯语，至于新疆的几种民族语言，那更是嘴边上的。因为语言的便利，交了不少朋友，那时他的家里，经常是哈萨克斯坦人、俄罗斯人、伊朗人一起谈笑风生。我感到他不太适应汉文化环境中生活，虽然凭着业务能力，当了个科长，但最终还是被排挤下来，自谋生路去了。先去伊朗，接着土耳其，又去了德国……1997年以后，我就再没听见他的消息。

今年4月25日，他突然和我联系上了，人就在乌鲁木齐。兄弟相见，感慨万端。原来他早已回国，现在南方的义乌经营生意。知感真主！日子还算红火。听说我假日要去河州，就说，他也跟我去。

还是那个伊斯玛仪。

“我们的爷爷是三甲集人，二十岁才跑到新疆去的！”伊斯玛仪眼睛都不够用了，忽左忽右地往车两边看。他要求停车，下去走走；又说打算住下，问我们下一站到哪儿，他直接赶去。小马阿哥沉着地说，因为雨雪天气，车走得慢，前站的人都等急了，还是不要耽误了。我也劝阻他，因为一起出来的，不能把他丢在这儿。

但我也十分理解他的心情，就像那年我去西吉一样，虽然那儿没有一个亲人了，但毕竟是先人生活过的地方，是根呀！

山顶白雪皑皑，植被苍翠，山体偶露出赭红色（这种土壤我只在福建和广东看到过）。赭红、白、绿的色彩组合，铺展在起伏的山峦上，有一种视觉上的穿透力，如果在晴好天气，肯定有震撼效果。

平平常常地就进了临夏。

雨雪仍在下着。阴沉的天幕下，城市呈现着冷灰色调，这依稀印证了某个梦境，因为梦中的景状，从来都不会有投影的，一时间恍恍惚惚觉着，好像来过这个地方。色俩目！河州。

三

临夏（河州）的伊斯兰教宗教文化氛围极其浓厚。在那里参观了多少清真寺，我已经说不清了。虽然看上去多数都像是近些年新建的，但从这些寺的名称来看，都有些年头了。历史上，它们属于不同的门宦和教派。现在，刻意去谈论这些事情，会招致责备，人们在尽量淡化彼此的不同，说其“内部事务”时，会压低声音，以示不便张扬。但作为一个局外人，还是能够看出其信仰风格的不同。比如在一个格迪目寺，看见拜殿回廊上挂着隆重纪念圣纪的大幅红布标，人们喜气洋洋地冒雨宰牛，小孩子们兴奋地在院子里踏水玩耍。格底目们总有办法把事情办得热热闹闹红红火火的，婚礼、尔麦里后的席宴就是一展身手的好地方。我自小就在这样的环境长大，对此十分熟悉。而仅仅在一小时前，我们在一个伊赫瓦尼寺里，听一位老人家讲经，场面庄严肃穆，说到动情处，老人声音哽咽，双目盈泪。同行的两位女大学生也感动得哭了。

就有这么大的区别。

及至在另一处拱北，见到一群戴着黑盖头的妇女点起擀面杖一般粗的香来，在台阶下伏地而拜，我惊得瞠目结舌。

新疆的宗教建筑，多采用突厥兼阿拉伯式样，使用绿瓦红廊中式风格的，我仅见陕西大寺一处。在临夏，看见如此之多的中式寺院，对伊斯兰教根植于中国有了感性的认识。

活动安排得非常紧凑。总是刚出这个门，赶紧登车奔下一个地方。临夏的清真寺在对外方面是比较宽容的，我们一行有男有女、有老有少，无论走进哪座寺，没有发生过问题。有些寺是阿訇、有些寺是满拉为我们讲解情况，诚恳热情。小马阿哥看得出来是个交往广泛、阅历丰富的人。有些地方，必先访问住寺阿訇；有些地方，则与事务负责人接洽；还有的地方，不闻不问，直奔正堂大殿。临夏教门情况复杂，出言须谨慎，即便是我们这个小小的团队，看了几天，也已有了“派别”，喋喋不休。小马阿哥不温不火，一直在做着“教育群众，团结群众”的工作。

在地质院所供职的Zsai（网名）博士很关注经堂语教育问题。以往已多次听他说起胡登洲阿訇的方方面面，博士对经堂语的殷切热情，仿佛辜鸿铭之于儒学。在临夏，他发现了仍在继续的完整的经堂语教育，听见了几百名成年男子雄浑齐整的诵经声，这于他是巨大的鼓励。晚上，我的一些看法受到博士义正词严的批判，这种批判又延续到第二天的行进途中。博士把所有的问题都能上升到理论高度来思考，而在学术领域，执着、持守是他品格的一部分。博士在地质力学方面一直跟从于科学前沿，使用着机构百万元购进的先进计算机设备。而在宗教上，从认知并坚定地信仰之后，便向着历史背后的纵深走去。他说，宇宙万物由主创造，人类的行为只是探索和发现。所以，在科学上，地表以下数千米是他探索的领域；在信仰上，人类的数千年总吸引他关注的目光。

回来后，接到网友的电话和短信，鼓励我对河州之行写点文字，同时也告诫我谨慎对待门宦问题。现实中，人们对“门宦”很敏感，噤声讷言。我不通阿拉伯文、波斯文，对伊斯兰教的学习和思考，主要来自汉文版的《古兰经》和几种“圣训”，同时辅以一些穆斯林大尔林（学者）的宣教讲经读物，再就是直接访问各寺阿訇，就一些疑难问题求得解答。新疆就有不同教派的，但“门宦”问题却不明显。在此之前，对门宦既没有接触过，也没有思考。只是在几年前，看过马通的《中国伊斯兰教派与门宦制度史略》，有一点间接的了解而已。

我想，随着信息资源的不断开放，以及朝觐和经济文化往来所引发的中外穆斯林之间的广泛交流，对伊斯兰教认识水平的不断提高，今后产生新“门宦”的可能性很小。对现有的“门宦”，宗教认识上的差异会渐趋模糊，附着其上的宗法权力也会因现行体制的干预难有作为，事情的结局一定会回到那些创立先辈们的初衷上来，回到公正、诚实的信仰上来。

四

参观了广河和临夏的中阿语学校。

广河阿校建在城郊，两山相挟的一道谷地，的确是读书的好地方。校长很年轻，向我们热情地介绍了学校的办学条件、课程安排、师资情况，带我们参观了图书馆和电教室。图书馆的资料比较丰富，相当一部分是原版书籍。从了解的情况看，当地民众对阿语学校还不是很理解，这也正是我们的现状。一班人的朝气和激情，给我留下了深刻的印象。

相比之下，临夏的中阿学校就要老成一些。橱窗里张贴着外国穆斯林来校参观的照片，一块图解式的学员就业趋向表，以临夏为中心，向中国各地以及中亚、西亚和北非辐射，张扬着一种企业化的进取精神。同样的，校长把我们让进接待室，详细介绍了办校的经过以及目前的方方面面。

不知何时，说到了陈克礼阿訇。校长的先辈与陈阿訇是故交，他本人也见过陈阿訇。在他平静地叙述中，我感到一个清瘦、倔强的学者就在眼前。他清贫寒苦的生活，不屈的奋斗，坚韧的牺牲，都浓缩在仅仅四十六岁的生命里。一种从未有过的激动撞击着我，他走了，留给我们的是鸿篇译制“圣训”和其他几部著作，他的更多的文稿，却湮没在历史中。

我抄录了陈克礼阿訇的诗——《墓碑》：

这是我青春的花朵
这是我青春的影片
这茁壮的种子已撒遍全中国
植根在善良的伊斯兰青年的心中
这心血的结晶已洒到全世界
海外远方的朋友们
把它译为阿拉伯文、印尼文、乌尔都文
有五万万人举着它前进
不久它将译为世界各种译本
成为爱好真理的人们的路碑
我是黑暗虚伪的叛逆
被埋在罪恶丛中的伊帆啊
从良心上说你是个好人

陈阿訇被那个极端时代吞没了。

现在，是中国伊斯兰发展的一个非常重要的历史时期。中国穆斯林正迎来自民国共和以来第二个黄金时代。穆斯林学者和阿訇们有责任正本清源，除去蒙在我们心灵的污垢，卸去背负的沉疴，以年轻的身躯行进在伊斯兰的大路上。要防止清末民初西北大地一幕幕教案惨剧重演。同时也要看到，随着民主化进程，穆斯林们终有一天要面对中国诸项事务表达政治态度，或者是自己的声音，或者附和别人的声音。

必须重视教育。无论是培养阿訇的经堂，还是以翻译人才为重的阿校，都只是教育的一小部分，而国家建设需要的各类专业技术人才仍然还是由社会的各类学校培养出来。经堂无法完成非宗教类人才的培养，阿校因为办学条件和师资力量的限制，也不可能做到。因此，还是要帮助适龄的孩子回到公办的学校去。

从临夏、东乡到大河家，沿途村落的粉墙上书写的号召孩子上学的标语超过宣传计划生育的，可以看出情况是很严重的。

在临夏，我们参观了一所穆斯林幼儿园和正在试办的小学，校园环境和设施整齐完善。据了解，今后他们还要办中学。这个学校采用通行教材，并已纳入当地教育体制内。这个学校受到当地穆斯林企业家和社会资本的支持，这是可喜的！

我们还参观了临夏的“你读书屋”，除教义书籍外，还有大量的自然和文史读物。通过读书和讨论，增加了解，增长知识，这是临夏穆斯林青年知识分子的有益的尝试。

无神论并不可怕，可怕的是对世界一无所知。

五

河湟的大山有种森然的美。

越往西南方向，越有一种异类的地貌特点。或许是传说听多了，便先入为主地认定，看来平静的谷地和沟壑，骨子里是倔强和不驯服。冷兵器时代，这里就是让统治者一筹莫展的地方。

那个搅得新疆无宁日的马仲英，就是从这里上马出征的吧？

汽车在山顶盘旋，阡陌纵横，极目远眺，丘陵一直向高原延伸，青海长云暗雪山……看得人热血沸腾，极壮英雄情怀。难怪豪杰多出此地，因其势也！

在保安三庄简朴的清真寺里，我们礼了底格尔，接着直奔大河家。

夜宿在韩陕家。

这是个殷实的农户。上了炕，喝着盖碗茶，吃着农家饭食，聊着一些话题。有四分之一突厥血统的伊斯玛依馋肉了，自己去街上买了半只羊，让主家炖在锅里。谈话的主角是伊斯玛依和网名叫“月光”的马阿訇，年龄相仿，风趣幽默。月光阿訇的智慧和口才，在别藏大寺他对众多满拉们的演讲中，已表现出来，让我十分佩服。

六十多岁的老汉一直站在地上为我们添茶续水，无论我们这些小辈客人如何谦让，他始终不上炕来。想起以前我父亲也是这样子的，我和哥哥经常责怪他。我甚至想，父亲年纪大了，也许有点自卑心理。现在恍然大悟，原来这就是我们回民的待客之道啊！哪日回家时，一定当面向老人认错。

那晚月光如水。走到院子里，呼吸着清新湿润的空气，耳畔依稀听得到黄河的湍流声，心情分外宁静。

从地理意义上说，河湟当是黄河（兰州以西段）与湟水两支流域，我把它称作中国的“两河流域”。从所承载的文明来看，与苏美尔确有相似之处。“河湟文化”融合了中原文化。河湟的人种情况更为复杂，而且其相互融合的时间距离当今也更近一些。

我之所以认为是“河湟文化”融合了中原文明（而不是相反），乃因汉文化对其影响是从属的。河湟一带早已存在着发育完善的伊斯兰特质的文明。元武宗（14世纪初）安西王阿难达南属下的回回和改宗伊斯兰的蒙古人入河州和东乡；1370年至1424年，乌古斯之一部撒鲁尔人自撒拉克（今土库曼斯坦）取道撒马尔罕，经吐鲁番至西宁，后定居循化。其首领尕勒莽大阿訇被元蒙政府任命为积石山州达鲁花赤；及至明朝，英宗虑甘、肃、凉回之大尾，调二千五百余名“寄居回”和“归属回”军汉赴江南各卫，这些人大多是维吾尔人。

清对新疆用兵，天山南北故土新归。原有边境线不存在了，受苏菲影响至深的喀什、和田的满拉们不再受限制，往来无障。他们向河湟回民们传达了信仰的新感受，使一部分格底目的认识发生了变化，于是源源不断地奔赴沙漠绿洲，在叶尔羌那些简易的道堂学习深造，获得返回故乡传教的凭证。门宦雏形自此形成。

我向来以轻松的心态看待历史，因为人就活在历史中，这是大前定。

六

因为有他们，便不敢懈怠。

浓眉大眼的叶子，本分而不多言，哥几个高谈阔论时，他悄无声息地添茶递水，如自家小弟，特好家风。大河家农家夜宿，本可与弟深谈交流，但敌不过疲倦侵袭，错失良机，引以为憾。

还有麦子兄弟，芳华年纪，已堪大任。受《穆斯林通讯》派遣，亲赴河南，睡寒寺，送暖情，直录南阳教门，文笔犀利老到，着眼尽是苍生。我穆斯林子弟多青年才俊，殊不一般。

那日晚饭时，青年学者张维真如约而来，温文尔雅，神清态怡。久已慕名，本欲请教一些问题，但场合不便遂作罢。第二天，访问张老师供职之临夏阿校，参观照相，时间匆匆，得到签名译书，回来后细细研读，大有收益。托靠真主！假以时日，应于赛里木湖畔、松下帐中再做讨教。

那个新入教的小兄弟可好？

东乡大山上，天风浩荡，四野苍茫。一行人围坐山顶，心得体会，畅所欲言。小弟出身于汉族家庭，因阿文书法之缘，蒙真主开放胸襟，显迹昭昭。一句“你们身在福中不知福”，使我辈感怀汗颜。来日方长，主佑平安！

还有女博士、女研究生和女大学生们，兄自天山以北遥寄祝福！

分别，已有不忍之色。伊斯玛依扔掉了脏衣服，穿着剩下的所有衣服上路了，目送他浪人一样的背影消逝在街头。

以为抗不过的寒冷，因穿了坚韧的羽绒背心而无碍。现在，该物归原主啦！坚韧兄神态自若地靠在圈椅里，叮咛不要遗忘的书籍和零乱的物品。还有，他等着带我们去尝尝那个有名的东乡手抓肉。

谢谢坚韧兄！第一次在乌鲁木齐的相见，我们之间就没有任何距离。

谢谢兰州的兄弟姊妹们！

祈求真主恕饶我们因无知而犯下的种种罪过，祈求真主使我们最终相会在他的天园里，阿敏！

永久的故事

我们生活在一个镀金时代，报纸、电视以及周围的人群，还有我们越来越不堪忍受的诱惑的重负，都在驱使人们捕捉住眼前的任何利益。然而，对已经过去的那些困苦生活的回忆，有时也能带来一种良知被唤醒的甜蜜。这就是我要讲述这个故事的原因。

时间是1972年，我的贫穷的家庭终于拥有了一份可以示人的财产。那年夏天，父亲以六十元的代价从县城买回一辆自行车，并推着它回到十公里外我们生活的那个兵团连队——当时父亲还不会骑车。

车是“永久”牌，有七成新。我和盲人二哥用捡来的塑料带子细细地装饰了它。父亲一个月三十八元工资，养活一家老小，有时还要周济老家来的比我们更穷的乡亲。家里买了自行车，无疑是件惊天动地的大事。那时，谁家要是置全收音机、自行车、缝纫机和手表，就是响当当的富户了。我家虽只有自行车，但父母在人面前，也很有一段的神气。

这宝贝在家放了一个月，谁也不准骑，谁也不会骑。连里有人来借车，父亲一脸苦涩，他是老实人，不好说不借又确实心疼，只好不吭声。母亲便打圆场：这车子还没收拾好，“把拧着呢”！确实，车把老朝右偏，父亲推车回家，胳膊都疼了好几天（写出这些，希望不要误解我父母的人品，那个时代，对于我们这样的贫穷人家来说，一辆自行车也是非常的财富）。

终于，父亲决定学骑车了。父子三人簇拥着花枝招展的自行车出门，哥俩左右扶着，父亲端坐其中……几天下来，我们以为差不多了，便撒开手，父亲却直直地骑进了路边的排碱大渠。后来还是我们哥俩把“永久”抬进团部修理所，花 3 毛钱，让笑眯眯的田胖子校正了钢圈、前叉，并用木杠敲平了拱起的大梁。

跌过这次后，父亲很长时间未动车子，不过也不再阻止我学骑车。我连距团子校有三公里，四年级时，就要“跑校”了。我吵闹着要骑车上学，母亲训斥我，小娃娃家，你显啥哩！上中学时，自行车已很普及，“跑校”的，常常就只有我一个。

父亲在第二年春末终于学会了骑车。那时，他是连队后勤班种菜组的组长，有个“身份”问题，加上菜地离家也不近，母亲便让他骑车上班，哄我，娃娃多跑路长得结实。父亲把褂子搭在车把儿上，示意我出门，然后把车子交给我，“娃骑上走吧，小心着！”

多年来，我脑海里总有这样一个画面：父亲扛着铁锹，锹把上搭着破褂子，弓着永远直不起的背，一步一步地蹚着浮土……

我断断续续骑车读完初中，又完完整整地骑车读完高中。

“永久”也上了岁数，油漆脱落，钢圈生锈，自从进了我家的门，它再也没有消停过。

十年间，生活有了很多变化。“极左”政治垮台了，连队虽依旧吹号起床，打钟上班，但家里竟养起羊来，多时有二十多只。家里买了收音机、缝纫机和大座钟。每晚，我在灯下复习功课，父亲在另一间屋里开始中断多年的礼拜，我兀然心惊，生平第一次听到的，那仿佛是天外之音——安拉乎艾克拜勒……

“永久”日显老态。前后轮都装了双层外胎，不用天天打气，但颠得人手麻。中轴穿钉磨旷了，索性焊死。飞轮打滑，常常挂不上挡，父亲又采取老办法，焊死！这样车子在滑行时，脚蹬也就跟着转——一位同学给我写信说：“看到你爸爸了，骑车在场部大路上，胡子翘得老高，两脚搭在大梁上，脚蹬子转得可细啦，真威风！”我那时已上学在外地，看了这信，脸上麻酥酥地。

又是十年。

母亲去世后，父亲来我家，但老人住不惯城里，不到一年，又回到农场。前两年，还骑着车在子女间走动，后来病了两次，我们就不敢让他再骑车。夏天时，老人还推着车子为二哥家割羊草，谁都拦不住。八十岁的老人了，仍劳作不息。

因工作忙，那时我不常回家。

从东到西，天涯海角。积年累月地陷在各种事务中，每天都有往事从记忆中抹去，再也寻找不回。那些年，我根本就忘记了老“永久”，这个勤勤恳恳为我家工作了二十多年的成员。

其实，它只剩个车把，其余部分已不知拆到哪儿去了。车把被吊在房梁上，两边的弯把儿各挂着筐子，里面是过去用过今后永远也不会再用的东西。父亲把房子卖了，去场部医院和当按摩师的二哥同住，二嫂是维吾尔族人，不太会“茶饭”，但也没啥是非。我赶回帮忙，也为了再看一眼养我成人的这个家。当烟息尘定，我一人独立空室内，突然想起了小时候的许多事，想起已去世多年的母亲清晰的音容笑貌，不禁泪眼模糊……

蒙眬中，我看见了老“永久”的车把子。

驱车在乌奎高速公路上，绿色的田野，林带在视野的边际飞驰，我的眼前，仍然凝结着那个车把，仿佛是一个坐标，瞄准它，就会走上一条端庄的人生之路！

（原载《博尔塔拉报》1995年，1月1日

获新疆报纸副刊作品二等奖）

叶尔羌、土巷和道堂

“莎车”是比“叶尔羌”还要古老的名字，《汉书·西域传》载：“自玉门阳关出西域有两道。从鄯善傍南山北，波河西行至莎车，为南道。”这是莎车第一次出现在典籍里。但也有人说，古时的莎车并不在此，而在昆仑山下的某处，已无迹可寻。另有考证说，莎车读“索介”，是一种早已消失的语言，其原意已无人领会。现今当地的维吾尔人，称此地为“雅尔坎”。由此向西，“喀什坎”（喀什噶尔）、“撒马尔坎”（撒马尔罕）、“塔什坎”（塔什干）这些名“坎”们，千百年前，曾是丝绸之路上声名显赫的城邦。

叶尔羌是“雅尔坎”的谐音，出自蒙古察合台时期。叶尔羌声名大噪，当由16世纪上半叶始。是时，苏丹·赛义德建立的叶尔羌汗国拥有整个天山南部、巴尔喀什湖、伊塞克湖、费尔干纳、巴达克山及瓦罕地区，其都城就在“雅尔坎”，就是今天的莎车县城。

南疆的城镇，多有回城，也叫旧城。与之对应，该有个“汉城”吧！现在虽然不这么叫了，但实则是存在的。政府及其他公共建筑往往建在另一处，通常说是新城。新城有银行、邮政、电信，有时髦的超市、大型商场、豪华宾馆和桑拿会所。所谓回城，就是老城，起点在沥青马路的结束处，那里人喊驴叫，叮叮当当，黄尘滚滚。

空闲时，我多在回城闲逛。是时，乃穆斯林斋月，白天嘈杂，入夜人声鼎沸。阿曼尼莎汗的陵室在新城和旧城的交界处，由于维吾尔木卡姆艺术被列为世界非物质文化遗产，今人为她重修了陵室，很有些气派。

传说，阿曼尼莎罕是位打柴人的女儿，精通诗歌音律。1547年夏天的某个傍晚，两个狩猎的年轻人迷路了，沿着叶尔羌河岸茫然地走着，他们穿过荒草地，在一片胡杨林间看见一户人家，这是打柴人马合木提家。

年轻人推开破烂的柴门。在这几成废墟的颓垣残壁间，理应是嗟叹和哀号之所在，然而，他们却听到了悦耳的琴声和美妙的唱诗。

打柴人马合木提厚道地接待了客人，并应客人的请求，唤出自己的女儿——十四岁的阿曼尼莎罕。少女就像春天的柳叶柔嫩，盈盈笑颜，稚气未脱。年轻人不相信刚才听到的诗文就出自这位女孩，让她当场作一段。女孩子生气了，说道：

真主啊！

面前的这个奴仆把我愚弄

今晚顿觉屋子里荆棘丛生

年轻人激动了，说道："相信我，很快就会回来。"

这个年轻人是叶尔羌汗国的第二代国王阿卜杜·热西提，是一位热爱音乐和诗歌的君主。他将阿曼尼莎罕迎进宫里，做了自己的王妃。此后，阿曼尼莎罕集合宫廷乐师收集整理各地木卡姆，编成十二套曲，让十二木卡姆成为滋润维吾尔人心田的甘露。

阿曼尼莎罕三十六岁时，因难产去世。她真正的墓地，在王室陵园内，也就是阿勒屯麻扎里面。她墓茔的一侧，是夭折的孩子的坟茔，再远一步，是阿卜杜·热西提的墓。近五百年来，一家人就这样偎依在一起，紧靠在他们的父亲——叶尔羌汗国的开国君主苏丹·赛义德的陵墓旁。只有苏丹·赛义德的陵墓与整个陵园的伊斯兰风格不相一致，是圆丘状的，原来，这位国王是蒙古人，成吉思汗的后裔。察合台贵族接受并在其统治区域强力推行伊斯兰教以后，他们的后人也完全融入到当地人的血脉中。

这座王室陵园荒芜凌乱，那些昔日的诗人、大臣们，如今都睡在干涸的地下。他们的坟墓无人修缮，墓堆塌陷，杂草丛生。从陵园的角门出去，还有一个小清真寺，看廊柱干裂的劈口，可塞进手指，想必这个寺已经很有些年头了。廊前有三座坟茔，据传都是圣裔，来中国的传教士。半圆柱形的墓体上，满是泥雕的经文，因为无数只手的抚摸，看上去黝黑刚硬，就像是生铁铸成一般。我退后几步，在三三两两的游人的注目下，虔诚地做了都哇。

导游是个小伙子，南方口音，给游人介绍说，摸这些老坟可以带来运气，于是就有男女嘻嘻哈哈地去摸。我跟过去和他交谈，他说自己是湖南某公司的，县上已经把这处陵园交给他们合作经营，园外正在搞的那些建筑也是他们公司的。晚上与县里某单位的干部一起吃饭，问其详情，那个干部却说根本没这回事。

叶尔羌的风景就是这样泾渭分明。入夜，睡在宾馆里，享受着空调、电视。楼下是歌舞厅，撕扯嗓子的声音一直要到深夜才能停歇。从窗子向外望去，一溜橘黄的路灯后面，是深不可测的黑暗。老城就在这深隐着的黑暗里，发酵着神秘的故事，已不知有多少年了。

在叶尔羌老城狭窄的土巷子里游荡，是件十分惬意的事。

阳光炽热。累了，随便走进敞着门的人家，坐在院子的土台上，不说话。一会儿，就有小孩子端一碗茶水来。喝完，起身，久坐就失礼了。

叶尔羌的小巷子拐拐岔岔，根本没有正向。巷子的尽头，往往就是一片老坟地。坟茔紧挨着院墙，塌陷敞开的坟坑就对着院门。活着的人和死去的人能这样融洽相处，我见到的只有南疆的维吾尔人。

随意地跟在一个维吾尔人后面走着。从巷子的八卦阵出来，眼前是一片林子，叶子稀疏，挂满尘土。斑斑驳驳的光影投在地面上，也投在坟头上。这里又是一处墓地，用土块泥巴砌成的突厥式的坟茔，散布在林间。有小路在墓间围绕，路面是细面沙土，可以埋过脚踝。在这样的路上行走，穿鞋是多余的。而我见到的维吾尔人，多数也都没有穿鞋，鞋在腋下夹着。有人上坟、诵经，男人念经，女人跪在一边。一些坟墓旁的树枝上，挂着各色布条，这是萨满遗存，是回鹘人在信仰伊斯兰教以前祭奠方式的保留。

我走到一个高处，面向陵园做了个都哇。

坟园里的小道七拧八拐，两侧都是坟墓，年代不一，有的还有个形状，有的已完全毁坏，不像样子了。维吾尔人有装饰坟墓的习惯，多是缩小了的寺院样式。从一定的距离望过去，就像是一个废弃了的城市，残垣断壁，满目凄凉。在坟茔之间，坐着、跪着、睡着一些人，有男人也有女人，他们的衣着破旧，神情淡薄神秘，完全不像是当代人。一条拜毡，一只水瓶，再没有任何东西。他们或坐或睡，与黄土浑然一体，就像在海边的浴者一样。他们当中，一部分是乞丐，还有一部分是真正的"阿希克"（献身真主的人），这很容易认出来，因为他们并不戴维吾尔花帽，而是缠着头巾。

或者说，是"苏菲"。

可以望见的一座土木建筑，像是一个麻扎。从越往近越能见到更多的"阿希克"来判断，眼前这个麻扎，非同一般。没有一点阻挡，就像是一个游客的我，轻易地就走进了大门。大门内是个院子，西侧有回廊，里面是礼拜殿；正对着大门是个茶棚，有四个老者在毡上坐着。因为离得较远，我先没有和他们问候，而是从礼拜殿一旁的角门进了后院。后院是陵墓，有一位老者在门口，我散了点钱，老者带我进去，厅内是一个很大的拱北，老人念经文，我接都哇。拱北被各色布料装饰着，一些白色布带从穹顶垂下，使我在围绕拱北行走一圈时，不得不用手拨开面前的布条，这样才能看见走在前面的老人。

老人说，这里埋着一位传教的大毛拉，有八百年了。许多世代以前，这里是个大学校，有无数的人在此处学习。

从后院转回时，那四个老人还是那样坐着，他们的身体像瑜伽师一样柔软，比如抱足屈膝而坐，下巴可以在膝盖上休息。还有一些非平常的老人可以做到的动作。老人们并不在意来人，彼此之间也没有什么交谈，仅就以各种姿态坐着而已，状似不食烟火的仙人。

我走到他们跟前，道色俩目，然后掏出一张钱放在毡子上。我的妻子患腰椎间盘突出症，住院一月，没有明显效果。在是否动手术的问题上，所有被问过的朋友形成两种意见。妻子很惶恐，临行时，嘱咐我代她舍散。

老人回色俩目时，念了一段长长的祝辞。受赠的钱就塞在毡子下面。近距离我才发现，这四个老人中，至少有两个视力不佳，或者可能是盲人。他们靠着墙根和木柱，沉思默想，面庞显露出一种难以描述的久远的高贵。

除了我，在这座院落里再没有任何与现代有关的东西了。仿佛时空倒错，让人一下子走进了历史中。忽然，我觉着胸口又痒又麻，清晰地感到一种轻松、愉悦和超脱，光影斑斓，视线模糊，想笑，又想大声说话，人轻得就像马上要飘起来一样。我渴望这种感觉久住心田，又对这样的体验莫名的恐惧。不知道持续了多长时间，或许还没有一分钟吧，一个抱着一只鸡的瘦瘦的男人从我身边经过，意识才回到现实中。那男子向老人们走去，抚胸致礼。也许是舍散，也许是代宰，我只能这样猜了。

回身向门口走去，才见大门两侧，各有宽大的耳房。一样是土台子，铺着粗毛花毡。我想，这里应当是开坛授教的地方。现在，只有一个大胡子男人跪坐着，头抵着墙，掐着念珠，土台边有个蒙着黑纱的妇人，在拾掇着什么东西。大概是夫妻吧！不知从何处来的游坊的修行者。

起了一点小风，院落里扬起细细的沙尘。南疆的土是洁净的，它们喜欢人的身体和衣着。再小心，也免不了要沾上它们。就连那些植物，那些叶子，那些花蕊，都沾着一层粉尘。绿色和花颜从半透明的粉尘中显露，就像调皮的十岁小丫头，灰头土脑，双眸清丽。

绿洲人有种与生俱来的悲剧意识。他们的住所连着墓地，墓穴紧挨着人家。他们的土巷子是狭窄的，幽暗的；而墓园，却在开阔的阳光之下。这使人无法判断，究竟哪一种生活更为真实；似乎生者只是在等待，等待在阳光下的永生。唯有那块阳光下，才是和先民、和自己亲人欢聚的美轮美奂的永恒时空。活着的人，似乎连爱情也用不着期待了，有谁知道，在那一片如古城废墟般的坟茔里，有多少未开的石榴花？

绿洲人不能没有信仰。他们处在被死亡之海包围的绝地，如果不以信仰彰显自己的存在，那么，他们可能就确实没有在这个世界上真实地存在过。就像沙暴过后，在塔克拉玛干深处偶尔露出的那些城市魂灵一样，他们的梦只是有数的一些日子，下一场沙暴来临时，就消失得无影无踪。

唯有真主知道，在塔克拉玛干大盆地，有过多少故事。

好像抱鸡的男子问过我，是维吾尔族吗？

我说，不是，东干。

如果有文字传递下来，或者因哪一门的心口传承，叶尔羌应当记忆着，在一两个世纪或更久远以前，有一些玉门关内的穆斯林来过这里，在此学经、修行。这些人回到中国西北高原，立起了四大学派，使伊斯兰教在中国内地的传播有了时代意义。那个时候，叶尔羌汗国的宫廷里，十二木卡姆通宵达旦地演唱着；而在汗国都城的各个边角，大小道堂的烛光或明或暗。历史总是这样相似地演绎着，今天，在莎车县城宽阔的文化广场，十二木卡姆文化艺术节正在开场，气球、彩幔、鼓瑟、歌舞，喜气洋洋；但洋洋喜气却没有穿越过砖块土石构成的巷阵，在密如蛛网的巷阵后面，是冷峻、坚毅而又顽固的真实，那里有另外一个世界的全部价值。

或许，向西求学之路并不像传说中那样恐怖。从敦煌出发，行数日到罗布泊，经米兰到若羌，就进入了塔克拉玛干南部人烟稠密的绿洲。其后一路向西，且末、于田、策勒、和田、皮山直到叶尔羌，城镇相闻，补给完备。如果方向正确，盘缠充足，脚力方便，自兰州到叶尔羌，三月以内该可到达。这条路，只有敦煌到若羌一段路程艰险困难。另外，从青海越昆仑山至若羌还有牧道，夏季可以通行。即便当时，这些通道也是可以打听得到的。

叶尔羌曾敞开胸膛，拥抱过来自中国内地疲惫的、衣衫褴褛的“阿希克”。

晚上，妻子打来电话说，今天按摩过后，感觉松快多了，心情也好了，下午就办了出院手续，这会儿就在家里，自己做着吃呢！

放下电话，我也觉着一身的轻松。

虎夫坦拜后，仍然没有睡意，推开窗子远望去，一行昏黄的路灯后面，依旧是深不可测的黑暗，叶尔羌就在这深隐着的黑暗里，那些神秘和幽玄，还不知会有多少年。

（原载《西域文化》2010年第4期）

西去伊犁

一

伊犁，是伊犁哈萨克自治州的简称，是副省级单位，下辖伊犁、塔城和阿尔泰三个地区，幅员之大，几乎囊括了整个北疆，使博尔塔拉、石河子、克拉玛依和独山子成了互不相接的飞地。不过人们通常所说的“伊犁”，指的却是伊犁地区，更准确点，就是伊宁市和它附近的一些地方。

我在相邻伊犁且与之仅隔一道科古琴山脉的博尔塔拉长大成人。直到参加工作后几年，我还没有去过伊犁。听人说，没去过伊犁，就不算是新疆人。对此我很不以为然。我的家乡就很好嘛！有苍翠的喀拉图鲁克峡谷，有宽远的米尔其克草原，有艾比湖和赛里木湖……我的朋友艾利浦江听到这里，脸上就挂着怜悯的笑。艾利浦江是伊犁人，在博州农林局工作。那是

20世纪80年代中期，我刚分配在报社工作没有多长时间，报社没有食堂，我们几个没成家的记者、编辑都在州党委机关食堂开伙。晚饭后，常常多打几个菜端回宿舍，吃喝聊天。那天，为了一句伊犁的话题，几乎翻脸。艾利浦江正色道："没有去过伊犁，那么多话干啥？伊犁有啥，你知道吗？"

我第一次听到那首有些忧伤的老歌，就在那个晚上：

我骑着马儿唱着歌来到了伊犁
看见了美丽的阿瓦尔古丽
天底下有谁能比得上你
哎呀美丽的阿瓦尔古丽
……

唱着唱着，艾利浦江就哭起来了。

从地势上看，伊犁处于天山和其支脉科古琴山相挟而形成的东窄西宽的走廊里。由巩乃斯河、特克斯河和哈什河相汇而成的伊犁河，由东向西，汹涌而下，九曲八弯，波涛滚滚，一路西奔，越过国境，注入哈萨克斯坦境内的巴尔喀什湖。因为这种地貌，由巴尔喀什湖区形成的潮湿空气向东遇天山和科古琴山脉的阻隔，汇集在伊犁河谷地，形成大量的降水。也因这种东高西低的地貌，形成逆温带，夏季凉爽，冬季不寒。

历史上，伊犁与西面的联系也常比东面要多些。每年十月，大雪封山，果子沟冰雪迷途，东路中断；在几近半年的日子里，伊犁的经贸与民间交往，都是与相邻的中亚进行。住民人种、经贸、民间交往和政治的多样性，成就了伊犁独特的文化氛围。

后来，因工作之便，我常去伊犁。有时是接二连三，有时是小住经月，这种状况一直到1997年为止。对伊犁，也由陌生而熟悉进而热爱了。近些年来变化很大，中国如是，伊犁能出其外？那些熟悉的景象总在不经意间悄悄褪去，换之以开放以来中国城市不变的特色：绿玻璃墙幕的大厦和白瓷砖贴面的楼房——伊犁的过去并没有因怀恋而驻留，她淡淡地隐去了——遮天蔽日的浓荫没有了，蓝天之下，是玻璃和瓷砖炫目的反光。

唯有伊犁宾馆还掩映在参天古木之中。徘徊其中，在列宁雕像后面那些深幽的曲径，在俄式建筑宽大的木质回廊前，仿佛还能倾听到伊犁一往情深的故事。

二

果子沟是伊犁的门户，由峰顶至沟底，再沿沟底河岸逶迤出山，绵延几十公里。一路层峦叠嶂，风馨花香，满目苍翠，云逸山青，无边胜景尽收眼底。20世纪50年代，作家碧野来此，写下了中学散文范本《天山景物记》。七百多年前，成吉思汗的蒙古军由此开凿山路，伊犁河谷门户洞开，中亚一览无余，蒙古军队经此向西南一路狂奔，直取塔什干。

接近沟底的一处山涧，水势很大，很远就能听到瀑布的轰鸣声。过去，这儿是赶路人洗漱休息的地方，在盘山路上转磨的司机，都要在此停车，凉一凉发动机，洗个头脸。瀑布甘甜清洌，痛饮一番毫无妨害。现在，这儿被一家旅行社包了下来，盖了个像庙一样的红亭子，已经“产业化”了，停车五元，照相五元。

沟口那边的芦草沟，全然是另一种风情。

芦草沟是个镇子，曾以苇席和大蒜扬名，居民多半是回民。现在最招惹人的，要算是饮食了。大街两侧，排列着望不到头的铺面，家家紧靠，户户相连。什么字号已无意义，最简便的就是数字编号。一些数码，被几百公里长途的司机们默念着，对纯朴美食的渴望，成为战胜炎热戈壁和冰封雪原的动力：一鼓作气赶到芦草沟就好了……一想起芦草沟，他们的喉结就开始蠕动起来。

停车在四十一号门前。

家家几乎一样，铺面就像个农家小院。一段镂花矮墙，摆放着朴素的盆花；墙后是一排条形桌，铺着干净的桌布，插着瓶花。在新疆其他地方，回民小餐馆多是圆桌，且无桌布；而芦草沟的情形，多半有些“异化”。

道一声“色俩目”，拉近了主宾感情。男人放下活儿，忙着让人，女人也不用招呼旅客式的套路，换了主妇的招式。这是一对三十岁左右的夫妇，男人健壮匀称，戴顶绣花白帽；女人秀美灵巧，头上挽件短纱。两个男童，七八岁的样子，也分不出长幼来，头上都扣着维吾尔小花帽，规规矩矩地坐在电视机前——正放着录像，是朝觐克尔白的情景。

我的十一岁的女儿俨然一副大人模样地走向那兄弟俩，“你们懂吗？”接着便开始了说导。一会儿，一顶花帽已经在女儿的头上，三个娃娃并排坐在一条长凳上，细听，话题已转，说的是学校里的事。

坐定，再起身，洗手脸抹头，再被让着落坐，喝茶……这是新疆穆斯林待路客的规矩。客人不多，主家道："能等住吗？这几个面下上，就给咱们做着吃。"

坐在桌前，一边品茶，一边观望街景。这是由上海至霍尔果斯口岸的干线，中国最长的一条公路——312国道横穿镇中。八月骄阳似火，虽已是下午时分，仍威风不减；车来车往，滚滚红尘，人们在顿亚的路上奔波忙碌。对面停着一队大货柜车，看牌照，是乌兹别克斯坦的，几个小伙子站在车边说笑，没有立刻动身的意思。我看了一下表，不到一小时，口岸就要闭关，还有几十公里路，今天这伙人无论如何也出不去了。

你急他不急呀！常年奔行于路途的人，多数都是这样听天由命，走哪算哪。

主家端来了饭食，半盆子肉汤宽面条，白里透黄，宽面上堆着一层清水羊羔肉，细嫩绵香；白皮新蒜、酸咸韭黄，还有切好的小碟洋葱——这叫"那仁"，一种哈萨克饭食，最解饿壮行。

主家闲了，坐在一边看着我们吃饭说话。

哪里人？到伊犁去？干啥去？家里老人好着呢吗？工作好吗？你"乃玛孜"做着没有？你是哪个门宦的？

所有问题我都一一作答。

"我父亲辈上是格底目，我不讲门宦。"

"对着咧，对着咧！现在还是不讲好。"

他说姓丁，从霍城过来，原来也是个"随便人"，但现在已是个认真的伊赫瓦尼了。"芦草沟的回民都是伊赫瓦尼。你在乌鲁木齐，知道河州寺吗？那是我们伊赫瓦尼的寺啊！”

我告诉他，经常去河州寺礼拜，而且和伊玛目马阿訇是熟友。我称赞马阿訇年龄虽轻，却是个教门知识渊博、信仰坚定、性格率直和勤奋好学的人。丁毫不掩饰兴奋之情，连连感慨，一团亲热！

这是位纯朴的兄弟，从心底里，他还是割舍不掉“门宦感情”，这种感情蕴藏在民间，它使门宦问题作为一种意识形态，在中国回族穆斯林中间，还会有一个时期的存在。

我们谈了很多。

丁邀我去清真寺做“底格尔”，我因还有近百公里路要走，举意在“沙目”时还补，没有同去。告辞时，我感到他有些失望，这使我难堪，尴尬于既定行程和意外挽留之间。

看来，我还不能算是心胸豁达、听天由命的行者啊！

三

不能不说说霍尔果斯。

作为陆路口岸，霍尔果斯有些年头了。清朝时期，它已经是新疆通往俄属中亚的门户；再往远，它还是丝绸之路新北道的重要关口。哈萨克斯坦的第一大城市阿拉木图，距其也仅三百余公里。从霍尔果斯出关，沿天山北麓，顺伊犁河岸，一路人烟稠密；哈萨克人、俄罗斯人、东干人、吉尔吉斯人、乌兹别克人、土耳其人、土库曼人和塔吉克人，男男女女、老老少少，在伊犁河两岸的浓荫之下，快乐地生活着。

口岸已经有了些城市的气派。

旧的联检大厅已不用了，冷冷清清，全无当年的熙攘。那时，栏杆内外，伸手援臂，人声鼎沸，相互交换着物品。随着贸易的逐渐规范，这个画面已成为历史。在联检大厅边上，新建了国门宾馆，对面是武警大楼，院墙是仿古青砖做成的长城样子，不知是谁的大手笔。街道有些变化，报关行仓库前的那排旅社，曾被公司租来作为“办事处”的，现在已推平了。那道大渠也不见了，当年夏夜，还是小伙子的我们常抓着渠边的树根（防被水冲走），在冰凉的水里泡着，谈天说地。

妻子和女儿在“国门”前留影，并选购纪念品；我东张西望，努力寻找着过去的影子。

从“国门”西望，一公里外的哈方海关清晰可见。稍远些，霍尔果斯镇的树木葱郁，我还看见镇子边上的那棵大树，树旁那所房屋的铅皮屋顶闪闪发光。1995年5月17日，我从阿拉木图租车回国，因为赶到边境已经下班，我就在那所房屋里过了一夜。那户人家是司机的亲戚。

那晚月光很亮，近在咫尺的中国灯火使我不断按捺偷越国境的冲动。写作此文时，我会突然陷入回忆。回忆是杂乱的，时常人事相混。不得已翻开久封的日记，这于我多少有些“残酷”。偶然看到1997年初的几篇日记，这样完整的文字日记中并不多见，于是录在这里，做一点印象的补充。

1997年2月18日 星期二 霍尔果斯

终于，有了一个不受干扰的夜晚，独处一室，心守一隅。虽然仍在宵禁，但口岸小城的晚上还是沸沸扬扬的。

白天，人们为了生活；晚上，生活为了人们。

我是事变前几天离开伊宁的。当时一直在伊宁市活动，并未感到要发生什么事。在肉联厂冷库拉苹果时，看见那些封斋的维吾尔职工平静地工间休息，谈话聊天。我们互道问候，与以往没有不同。

春节过后几天，冷库的老马给我家里打电话，问我何时过去。我问他伊宁的情况怎么样了，他说："没事了，哈哈！"

好像玩了个游戏。

总公司传达了文件，维吾尔族暴乱者的宗旨是脱离中国。文件说：敌人的口号是，杀回灭汉，哈萨滚蛋。我却因这口号和"五讲四美三热爱"一样合辙押韵而有些疑心。

但街头的打杀还是有的，传言虽有夸大，却未必都是谎。

上午去霍城县公安局交罚款，见街上军车陈列，有数百名武警列队表演拳操，观看者不多。

库尔勒运送出口白糖来的司机说，伊犁的事情传到他们那里，"简直听不成了"。

1997年2月19日 星期三 霍尔果斯

今夜戒严，车辆人员不准进入和离开口岸区。街上行人不多，从四楼窗口望去，有军警在路口检查往来于饭店和舞厅之间的小车，灯光昏暗，人影朦胧。听宾馆的人说，汉族长相的人一律放行，带着小姐也不管，其他民族相貌的人查得细些。此种情景，我不便出门。

这些天来大家在传，维吾尔人在饭里下毒，要毒死汉人。一些维吾尔人开的清餐馆的常客，都不敢去吃饭了。估计是谣言，但效果还是有的，好多维吾尔人馆子关了门。今晨去桥头那家饭馆喝奶茶，因为没客人，维吾尔族老板便叫我和他家一起吃饭，也不收钱了。他脸色阴阴的，摇着头说："干啥呢？这些人。"

显然，他是责怪那些"好事者"。

……

边贸这个行业已经老了，似乎沦落到不便提起的地步。现在仍"从事边贸工作"的，不外乎这么两种人：一是为债务所累，无法脱身的；一是除此之外，再没有什么可干的。

我算是哪一种呢？

刚才下楼去接了公司来的长途（房间里的电话全掐断了），看见宾馆歌舞厅搬了一套音响在一楼大厅里，几个内地人带着小姐正唱卡拉OK，震耳欲聋，"妹妹你坐船头……"

我对这种所谓"民谣"的厌恶已到了不堪忍受的地步。那些乐此不疲的人群，凭着共同的嗜好，总能找到"同志和朋友"，并在中国各地的所到之处，建立自己肮脏的生活。

1997年2月20日 星期四 霍尔果斯

早晨，还在梦中，依稀听见其他房间传来哀乐声。懵懵懂懂很长时间，打开电视机，荧屏上蓝底衬着相片，下面是一排文字：

“20世纪世界杰出政治家，中华民族的伟大儿子，中国人民的伟大领袖，邓小平高山仰止音容宛在。

凤凰卫视中文台全体同仁”

原来哀乐由此而发，邓小平离世了。

看来这是真的。坐在床上，我有些惋惜，香港回归，已是他身后的事了。人有时候就是这样，忙忙活活半天，就是吃不上自己做的那口饭。

他是个传奇人物，曾驰骋疆场，千军万马，国家元勋；而令他以伟人姿态展现于世界的，还是他领导的中国的改革。一个人的生命能够这样强烈的跳越，从旧时代到政治时代，再到经济时代，几番浮沉，实在让人瞠目结舌。

更让人瞠目结舌的，他的遗体将供解剖，骨灰将撒入大海。

……

1997年2月26日 星期三 霍尔果斯

昨日欲回家，到果子沟口时，天降暴雪，风力罕见，夜宿芦草沟。今晨起，已转小雪，见大型推土机开向果子沟。听返回的司机说，发生雪崩，有人车被埋，沟里被困几百辆车，两日内恢复交通没有可能。只好返回口岸，中午到达。

途中在清水河，遇见口岸国税局稽查×××，搭乘便车。路上谈起平息“伊犁暴动”，说多亏了兵团，反应迅速，动作猛烈……

中午传来消息，乌鲁木齐今晨发生三起爆炸事件，都在公交车上，死伤多人。

晚饭时妻子打来电话，询问我的状况和这里的事态，我刚说出几句见闻，忽然看到乌市地贸的女翻译颜××在对面向我摇手示意，遂岔开话题。话毕，小颜说，总台电话已被装了窃听器，是服务员告诉她的。今后接打电话，不要说多余的话。

无聊看电视，口岸电视台记者采访各关检单位组织的悼念活动，脱口而出：那么这漫天大雪恰恰好像是天公正在悼念小平同志……

好时髦的语法!

邓小平追悼会上，江泽民泣不成声。

1997年3月13日 星期四 乌鲁木齐

星期一接到电话，前往伊宁市海关办理货物出关手续，忙碌两天，昨日早晨返回乌鲁木齐。

开车爬出果子沟，到达赛里木湖畔的松树头时，已是子夜时分。

虽然湖面坚冰依旧，但道路的雪已化尽，晚风也有些暖意。停车小息，活动一下手脚，猛然看见西北方向的天空挂着一道硕大彗星，状极森然可怖。听说是“波普彗星”，要两千多年才来银河系一次。

……

——这就是我的霍尔果斯。

四

又来到了伊宁。

公路平坦，林带整齐，阡陌纵横，人烟稠密；大地在眼前铺展开，油绿、金黄、粉红、熟褐等不同的色彩交杂叠错，一直延伸到天山脚下。天山只是一道在氤氲中扑闪着的巨大的蓝色影子，那镶嵌在半空中的雪冠，因斜阳的照射，散发出耀眼夺目的光芒。

这就是伊犁河谷，养育着几十万各族儿女的一方福地。

何君是童年与我一起长大的伙伴，新疆医科大学毕业后，分配到伊犁地区药研所工作。1997年以后，又是很多年没见面了。电话打通后，他一阵狂喜："是你吗？真的在伊犁吗？就在楼下吗？"不一会儿，从办公楼里跑出个热气腾腾的壮汉，六年不见，都不敢认了。

沐浴，更衣，礼拜。走出宾馆大门时，街面上已是灯火璀璨。

何君已变得越来越像个伊犁人了，爽朗豪气。我们在夜市坐下，何君问："喝啥呢，伊利特还是啤瓦尔？"

"茶、酸奶！"

何君一笑："彻底干净地不喝了吗？啊！和回民娃娃交不长啊！谁知道啥时候，心就变了。"

聊些童年的故事、现在的工作和生活，关注着对方的种种变化。在穆斯林众多的地区生活，耳濡目染，何君已经变成真正的伊犁人了。他会说“色俩目”，知道封斋礼拜和穆斯林生活的方方面面，并能自觉地捕捉一点信仰的安慰。他告诉我，每次出远门，都要找个穆斯林乞丐散些钱，站在跟前，听着乞丐把都哇念完，这样心里才踏实。

“有次给了个戴白帽的假回民，等着他念都哇呢，那人抹了把脸说，好人一生平安，差点把我笑死！”

还有地区外运公司的老徐，当年我在霍尔果斯办理进出口业务期间，与他交往很深。老徐一口伊犁土话，自称回民。工作之余，常给我说些教门里的枝枝叶叶和伊犁回族中的人文掌故。那时我的宗教知识非常浅薄，从他那里，还真受了些教益。一个多月后，我处理完业务准备返回乌市，去找这位“回族老乡”告辞。他不在，会计大姐哈哈大笑，“他是个啥回民呀，哄你玩的！”

这次来我又联系了他，老徐在电话那头还是扯着嗓子：

“哈，来了吗？吃呢吗，喝呢吗，玩呢吗？你说！”

我没有忘记给肉联厂冷库的肖经理打个招呼，他长我两岁，是个厚道人。七年前，公司从南方购进一些柑橘向哈萨克斯坦出口，需要租用冷库落地中转，这样我便与肖打上了交道。

他的办公室就在冷库大门口的那一排平房里，进去时，屋里弥漫着莫合烟的浓烟。七八个维吾尔职工和一个锡伯人在说话，他们每人都架着一根粗大的莫合烟抽着。他们时而用维吾尔语，时而用汉语，也争执，也大笑。有人斜坐在桌上，也有人坐在窗沿上甩着腿，乐呵呵地讨论着他们关心的事情。此种场景，在20世纪90年代伊犁的一些小办公室里，经常可以看到。

那个锡伯人就是肖，这是我第一次见他时的情景。

我们的合作非常成功，也成了好朋友。半年多时间，有时我不去，就委托他代办出境手续，代收款项。他是伊犁长大的，到处都有他的伙伴，办事很顺利。到1997年元月底，临近旧历新年，我要回家了，他给我准备了几大箱“年货”，伊犁特产。我说路上麻烦，东西在街上都能买到，算了算了！他说，你走你的，箱子我找货车捎带去，媳妇不夸吗？在外面，交的都是真朋友……

是的，要交真朋友。

而伊犁是交真朋友的好地方！

这里就像是个民族博物馆，除当地民族外，中国内地的其他民族，在这里都有自己的代表。物以类聚，人以群分。人们凭自己的语言，生活习惯和宗教信仰生活在各自的圈子里，彼此之间又抱有强烈的好奇心。探究、模仿，久而久之，形成一种形各民族个性而上的共同特点。共同特点之下，是民族分工。擅长放牧的是哈萨克人和蒙古人，精于农商的是维吾尔人和回民；维吾尔族和回族非常接近，但维吾尔人还多两个手段：手工业和民间金融。汉人呢？或者务农或者当官，这后一种本领，就常常招致其他民族的“不理解”，引发一些“事端”在各个历史时期。

伊犁锡伯人的前辈是清朝时期由张家口迁来的屯垦戍边的旗兵，骑马射箭本是强项。每年的“西迁节”，在伊犁河南岸的察布查尔，锡伯人都要重温一遍先辈的光荣。斗转星移，物是人非，随着民国建立，锡伯人的“兵团体制”也告终结，他们失去了皇粮供给，变成了真正的农民。然而，锡伯人很快就向伊犁河谷的其他民族显示了本事——他们聪明的大脑和敏捷的舌头，于是翻译这一职业就渐渐被锡伯人“垄断”。

锡伯人认为自己是古老的高贵民族鲜卑人的后代，对自己民族抱有强烈的信念。直到现在，这个民族仍坚持族内通婚的传统，这一点，比回族做得还要坚决。

我们不能忘了俄罗斯人，这些俄据时代和革命之后来到伊犁的俄罗斯银行业主、皮货和工业制品商以及没落贵族的后人，此刻穿着袖口上缝有商标的松松垮垮的中式西服，用汉语或是维吾尔语与朋友激烈地辩论着股票。他们的灰褐色头发和敞开的领口露出的粉红色的脖子，总是十分抢眼。

我们还要提一下塔塔尔人，这些自15世纪从伏尔加河流域流落到中亚，又在19世纪二三十年代进入新疆的流民，成为中国境内的白种穆斯林民族。虽然人数不过万，但普遍受过良好的教育，教师、会计、翻译和医生是塔塔尔人喜欢的工作。他们不声不响，沉默而又清高地生活在伊犁的各民族中间。

在这样多元的民族文化环境中，你发现了另类，另类也发现了你；彼此的不同被一次次地冲突磨损，激荡过后，是欣赏的平和。在这种平和里，你不难发现伊斯兰文化宽泛的影子。

其实我们什么都没有做，我们只是本分地过着穆斯林的生活。

然而变化却是在悄悄地发生着。

知感真主！

那是一条浓荫下的小巷子，在汉人街巴扎的东面，一块远离喧嚣的幽静之所。巷子的一侧是渠沿，渠上有座小木桥。

已找不到那座小木桥和桥下清凉的渠水。

那个夏季，桥上始终支着一个凉摊，摊子上是窖冰奶酪和西瓜。一般来说，这样的摊子，大都由老人照管，不图挣钱，只为有些闲事可做，给人一点凉意，揽一点善行。

然而这个摊子的守护者，却是一个维吾尔姑娘。

这个姑娘是谁，为什么终日在埋头看书？看上去像是暑假归来的大学生。只在有人招呼她时，她才抬起头，秀眉之下，是一对绵羊羔一般善良温柔的眼睛！

暗绿色斑驳的树荫，清幽的粼粼渠水，断了栏杆的木桥，粗糙的木轮车架上是切开的红瓤西瓜，架旁是一袭淡花裙装的看书女子——这仿佛是靳尚谊的一幅油画，却分明是伊犁惯常的风情。伊犁需要细细体会，你不要忽略了她的淡泊和她的绵厚，也不要仅仅注意他的凝重和他的沧桑；她是宁静的，他是热烈的，它是生生不息的！

还要为你描画伊犁河南岸锡伯人村落的暮色炊烟吗？还要为你细述尼勒克镇湿湿的晨雾吗？或者，你想在那拉提大草原纵马奔驰，看天高云淡；还想站在天山的白岩峰上，望渐入云端的高路，思遐桃花源般的世外小城昭苏？

伊犁是写不完的。

伊犁就是人生。

五

本来，应该先说赛里木湖。

我却想回过头来，细细领略这人间胜景。

赛里木湖是西去伊犁的必经之地，有名的高原淡水湖泊，面积四百多平方公里。晴空丽日时，湖水墨兰；浓阴天气，湖面反而一片银白。三面环山，云遮雾翳，晴雨无常，湖光山色交相辉映，气象万千。

湖的“传说”，有两种版本。一种说是“西天王母”的浴盆（因为乌鲁木齐边上的天池是她的“脚盆”嘛！）又扯上玉皇大帝如何如何；另一种说的是，从前有个叫赛里木的哈萨克贫苦姑娘，被可恶的牧主（又说是凶恶的山神）看中，而姑娘正与贫苦而勇敢的牧民小伙子相爱。后来，小伙子化作山鹰，姑娘化作湖水……此类所谓的“民间传说”，公然收在地方志中，印行于旅游手册，在我看来，都属胡言乱语，透着明显的汉文化的霸气和阶级斗争的时代痕迹。

多年前，我曾与单位的翻译穆赫塔尔说起此事，这位哈萨克族大学生笑了：“哪有这样的事啊！你想，一个人从干戈壁滩上来到这么一片美丽的湖边，蓝蓝的水，白白的云，绿绿的山，他会说什么呢？”

我没有想出来。

“赛拉姆！”他说，“因为这是胡达给的。”

这是我感到唯一合情合理的解释。

汉文最早记录此湖的是元代道士丘处机，由中国前往撒马尔罕，拜见蒙古窝阔台汗，途经时留下“西来之异境，世外之灵壤”的诗句。遭贬发配伊犁的林则徐，著有《竹枝词》，其中也有几篇咏湖的，可惜我手边没有，也记不住了。

湖还有一个回民味儿很足的名字，叫“三台海子”。

新疆诗人周涛在许多年前写的一首《三台海子怀古》，至今还记得头一段，写在这里：

今夜科古琴峰下的海子
似西琼碧瑶
净溢朦胧
袅袅茶烟里
有丝弦喃喃
飘然思古之幽情
如诗如梦……

入夜，风猛然地增加了寒意，人对篝火产生了切实的亲热。跳动的火焰加重了黑暗，身后的大山黑黝黝地耸立着，显得比白日更加森然神秘。林涛阵阵，不时传来马嘶狗吠；偶尔地，会有石块滚落山沟，发出铿锵清脆的声响，那一定是什么野物儿，勤劳得晚上还在转悠。

月亮在不经意的时候升起，很快就钻进云里，给那片鱼鳞闲云，镶上了柠檬色的碎边。仿佛等着月亮似的，刚才还沉静的湖面，此刻显得有些不安宁，一排排的波浪推向岸边。

琐事缠身的城市生活难得有这样的闲暇，即便有闲暇又能几遇这不染尘埃的佳境？真主造化的本来世界是多么美啊！

妻子和孩子已在车上睡着了，我与友人围火聊天。

谈工作和生活，谈官僚体制和民主政治，谈日益悬殊的贫富差别，谈社会福利、感慨机遇、信仰危机、宗教分歧、“义务教育”、金钱和名誉、爱情、文学曾经的崇高和当今的堕落、环境污染、伊拉克战争、巴以冲突……湖山夜话，即无明显的争论，也无异议的沉闷。难得有这样的谈话，因湖光月色使然。许多问题，思考的方法异若水火，彼此内紧外松，心照不宣。谈到兴奋处，开怀大笑；说到伤心时，长吁短叹……山风浩荡，已是万籁俱寂，唯有篝火忽明忽暗。那夜，心灵如洗透一般。我与友人参加工作时都在报社，住一间宿舍，几年后各奔前途，相距时短，屈指算来，已近二十年。其间各有人生沧桑，经历许多雨雪风霜，却还有此夜这般明净心情，一时忘形于物我之间。

青春虽已不再，却还有另一种燃烧！

没有注意到，何时一个哈萨克汉子坐近火边，旁边还蹲坐着一只憨猛的大狗。

倒了一碗滚烫的奶茶，递上油馕肉块，那汉子笑着接过，喝了吃了。见主人吃喝，那狗有些浮躁，汉子撕块筋肉，朝身后远处扔去，那狗嗖地窜出，隐没在暗处不见了。

原来哈萨克汉子是护林员，住在半山的帐篷里，望见沟底有火光（这块不是旅游区），便摸下山来查看。山里的牧民练就了一副好身手，这样悄无声息地贴过来，完全可以活捉一只狼。我注意到，在狗蹲过的地方，躺着一支半自动步枪。

用土盖了灰烬，直起身来，赛里木湖开阔的东岸，已升起一片微明。

今天的邦达，就在山上礼了！

由西向东，出精河，又进入了伊犁的地面。这里是准噶尔盆地，呈现出一派广阔苍茫的戈壁风貌，遥远的地平线上仿佛幻境一般的闪现着森蓝色，那是乌苏和奎屯绿洲。那段熟悉的歌又到了嘴边：

流浪的人儿翻过了天山走过了戈壁
告诉你美丽的阿瓦尔古丽
我要寻找的人儿就是你
哎呀美丽的阿瓦尔古丽

灰色的小兔在戈壁滩上跳来跳去
你可知道美丽的阿瓦尔古丽
灰色的小兔你的窝在哪里
哎呀美丽的阿瓦尔古丽……

一路风景

没有到过南疆的人，想象不出什么叫天高地阔。

从吐鲁番高速公路下线，过托克逊，穿越“干沟”，眼前就是一马平川。当地平线就是你的“能见度”时，你会是一种什么样的感觉？中午时分，车停在一个路边小店，店主手提汤瓶，肩搭毛巾迎了出来。问起到库尔勒的路程，人家并不看着你答话，盯着那车说：“嗯，你再跑三个小时！”

三个小时很快就过去了。

终于爬上了最后一道丘陵，眼前豁然开朗。库尔勒市如环形银幕放映出来的一样，青森森地铺展在眼前。她的建设超出了我的想象，十分美丽，甚至有些气派。

据说，一个市民带着孩子在乌鲁木齐游玩，孩子捡起地上的烟头扔进垃圾桶里，被人看见了，夸奖说，这孩子真文明，准是库尔勒来的……这故事是在当地听来的，可能有点自我陶醉的意思，但却也反映了真实情况。库尔勒市街道整齐，干净卫生，与1997年我见过的张家港市很相像。同样是蒙古自治州，库尔勒与博尔塔拉区别很大，原因很简单，她依托了变得越来越雄厚的石油工业。

感谢朋友丁鸿飞的殷勤照顾，几天来，他一直陪着我们。

晚上，和小丁闲坐夜市。夜市开在广场上，清真区和汉餐区相隔有几米宽的距离，形成一个通道，将广场分成不对称的两部分（清真区要大一些）。新疆的许多城市，情况大致相同。营业户一律是白蓝色的沙滩桌椅，地上铺着板革。汉餐的情况不清楚，清真餐方面，基本上把新疆的特色和风味弄全了。维吾尔人的烤全羊、馕坑肉、抓饭、薄皮包子、盆盆肉以及最拿手的冰糕（这种天然冰和奶酪手工合成的东西很古典，使人联想起彼得大帝的宫廷生活），回民的拉条子、大盘鸡、椒麻鸡、凉皮、凉粉、黄面和一些叫不上名字的族传绝活，哈萨克人的大碗酥油奶茶、那仁（羊肉手抓面）和看家的熏马肠系列……随便坐在哪个桌子上，邻近的几家伙计便围过来，推荐自己的饭菜，有时主家的东西一样没要，但招呼服务方面却不打折扣，也许他们之间有利益分配的约定吧！

夜市热闹嘈杂，说话都不能低声，看起来，总有两千人左右吧！商场也在营业，各类彩灯交相辉映，街面如同白昼。空气中混杂着各种气味，偶尔一丝纯正清新的晚风光顾，人都得伸着脖子，猛吸一口——真是不可多得的享受啊！

朋友小丁到了南疆，可谓“如鱼得水”。他在乌鲁木齐成长生活三十年，很有些土生人的质朴。下岗以后，夫妻俩开着个店面，两年中，受过“有关部门”不少闲气。无奈之下，远避他乡。想不到，棋局就此走活，去年下来，收入十多万元。

第二天，我们一起去莲花湖。

莲花湖是博斯腾湖南部水域的一部分，不知是谁异想天开地取了这样一个多此一举的名字。从设施和部标上看，此块旅游事业由铁门关发电厂经营。

在芦荡里有一条曲曲弯弯的天然水道，约十公里，出去就是一片辽阔的水域。那儿立着标志：孔雀河源头0公里。据说，博斯腾湖的主要水源来自开都河，流出去是孔雀河，那么，天然水道的尽头，自然就是孔雀河的源头了。河道两侧的芦苇丛中，排插着各色彩旗，使人疑心进了水泊梁山，洋溢着一派江湖气。现在，新疆的主要旅游景点，基本都是内地人买断经营。他们的那套类似的装扮模式，野蛮地覆盖在历史年代不同、地貌特点相异的各个“景点”上。

妻子带着小孩们快乐地玩着各种水上设施，我和小丁赤脚走在沙滩上，有时聊几句，有时无语。

太阳西斜，大群的湖雁不知从何处归来了，在芦荡盘旋、起落。它们才是博斯腾湖的主人啊！那湖水、芦荡，千百年来一直就是这个样子，当时的西域土著居民，以及后来的蒙古人，并未为它们留下什么诗文佳话，也未改变它的丝毫。那些人来了，去了，带走了湖中的故事和湖边的牧歌。唯有湖雁，仍不知疲倦地盘桓、盘桓……

博斯腾，蒙古语为“西面的甜水”，在史册中留下的记载不多。甚至是探险家斯文·赫定，对它也只是一笔带过。当年，由伏尔加河流域东归的土尔扈特人（卡尔梅克人），被清朝政府分作两部分安置，一部在天山西北的博尔塔拉，一部在天山南麓的巴音布鲁克草原。距博斯腾湖有近二百公里，这在过去，是四天的路程。

湖的东北面二百公里是吐鲁番，古高昌国的领地。之间除了大戈壁，就是寸草不生的山峦。这是古代旅行者的危途，因为他们的主要交通工具骆驼，无法穿越这些山峦。骆驼的软软的蹄掌不能踏上灼热的尖石。

湖的正东面是哈密，中古时期，那里变幻出现过许多王国，与更远的东部汉地有交往。湖的东南，穿过五百公里沙漠，是西域历史上唯一一个汉人长期统治的城邦——沙洲（敦煌）。

博斯腾，在它形成的以往无数个世纪里，是宽阔的寂寞。

我们又去了距库尔勒市八公里的景点——铁门关。

铁门关是地地道道的人工景观。关楼如嘉峪关前楼模样，不过小了一号。据介绍，关楼是1989年在原址的基础上建起的，“铁门关”三字由王震所书。从介绍看，此关历史久远，由唐僧取经到解放军勘探队，还有班超、张骞等历史人物的关上演义，乾隆官员关上颁昭，册封蒙古王公……林林总总，叹为观止。

铁门关坐落在孔雀河峡谷一块几十米宽的地段上。右侧是汹涌的孔雀河，左侧紧依百米高的绝壁，一条很窄的土路穿过门洞，往前延伸不到半里，便在乱石中失了踪影……很美！仿佛是中国画中的一个场景：峻峰万仞一险关。只是毫无用处，如果敌兵爬上侧壁崖顶，只需推下几块石头，就能将城楼砸垮。历史上，这铁门关恐怕从未存在过军事上的用途，它的作用不外乎给收税官壮壮声势而已。

丝绸之路的焉暨大道在塔什店以北，经巴音布鲁克草原，越天山达坂，西去伊犁，再沿天山北麓直向中亚名城撒马尔罕，一路坦途。另一条路是由敦煌向且末，至喀什噶尔，越红其拉普山隘到伊斯兰堡。这两条路与铁门关都无瓜葛，它如何就能“扼守”几十公里和几百公里外的两条丝绸之路的“咽喉”？而“班超城楼养病”“张骞关前受降”的故事，听来如同“痴人说梦”！

焉暨王是西辽的人，张骞是汉人，其间有近千年的距离，那“焉暨王”如何回得过身去向张骞投降?

连唐僧也要在关楼上“休息”了。

然而风景却是要看的!

在我们脚下几米处，孔雀河咆哮着，雷鸣般的吼声响彻山谷。从博斯腾湖流来的河水，经过芦苇的过滤变得十分清澈。激流中雪白的浪花翻滚，闪烁着晶莹的光芒。粗壮的胡杨树安静地站在岸边，凝视着那无忧无虑的河水年复一年的欢腾。

我们来看看斯文·赫定的记录，时间是1934年4月18日。

铁门关——河流分叉处

当船在铁门关靠岸时已是下午五点，这是个非常有趣的地方。河右岸有四米高，开凿了四条平行的渠道，像个门一样地张着大嘴，再下面是一条跨河的水坝……按班从若羌、铁干里克、英格里克、尉犁和奥鲁克考尔招徕了四百多农民，在夏季枯水期开始治河……坝筑好了，河水被迫向右面转弯，沿着已开好的四条渠道顺从地返回故道。（《亚洲腹地探险八年》）

5月4日去尉犁县，探访“罗布人村”。

“罗布人”是近些年由媒体炒出来的。在一些西方探险家的游记中，有“罗布泊人”的说法，但这仅是行文需要，如同现在说“上海人”“甘肃人”一样，是区域称谓，非指人种。

几年前，某李姓记者在《找回中国昨日辉煌》一书中提出“罗布人”为一人种，称其相貌与维吾尔人有些不同。他拍摄了一些照片，其中有位且末的维吾尔姑娘，鼻梁修长，侧视很像维纳斯雕像，便言称“罗布人”是南欧人种。人种问题如在国外，是件大事，一经发现，定要做多年研究，反复论证，而最终定论。但在中国，好像只是喧闹一阵，就无人再当回事了，所以“罗布人”这类可能在今后对民族和社会生活带来危害的无聊故事，还可以继续无聊下去。

路很难行，虽在沙漠的边缘，但沙漠的威慑力以使人震撼了。

“罗布人部落”让人吃惊地失望。在距塔里木乡二牧场十多公里外的孔雀河畔的沙丘旁，新建了两排木质平房。白花花的墙壁、屋顶、地面完全用原木搭成。孔雀河至此已完全干涸了，地上的沙土可以盖过脚背，行走已变得十分吃力。我们爬上一座沙丘，南望，沙丘连绵起伏浩渺无际，与白色的天边相连……这便是恐怖的塔克拉玛干。

我们向河床走去。在山丘渐缓的低地，生长着胡杨，远远望去，还有些葱郁，而步入其间，竟毫无遮障。正是午时，天空漫散着灼热的白光，以致无法仰视太阳的位置。沙地上，时而露出白花花的树干枯皮，几步之远，看上去极似人或动物的枯骨。人们说，胡杨是千年生，千年死，千年不烂。我拾了几块放进包里，去想象它的整体在几千年前的雄姿吧！

两排平房已全部客满，早来的已喝得红脖油面，五马长枪。几个“罗布人”拨弹献唱，演得很真切！有些人对旅游的理解，就是换个地方吃饭而已。

回来时，仍有车载着客人迎面而来，车后是一公里长不散的滚滚黄尘。在二牧场路口，那几个给我们指路的维吾尔青年还在，我停车下来拍打满身的沙土，他们凑过来笑着问：“走吗？不吃饭了吗？”

“罗布人吗？你们。”我问。

他们互相看看，突然哈哈大笑起来。

当日赶回库尔勒市。

在饭馆坐下，小丁黝黑的面庞上挂了一层土霜，只有两个下眼睑因为湿润还有点新鲜的肉色，我也应该是一样的。

简单地洗了洗。

我决定返程。离开库尔勒不久，天色渐暗，本打算住在和硕县，却不知觉地跑过了，夜宿乌什塔拉。

乌什塔拉距博斯腾湖北岸二十八公里。入夜，晚风中带着丝丝潮气，沁人心肺。月光清凉，公路闪着幽幽的白光；远处，是青黛色的山峦，还叠印着一连串的灯光，是不知疲倦的车队吧！只有在新疆生活，才会真切地感到“人在旅途”的意味。

清晨，阳光亮丽。

我们再去博斯腾湖北岸的金沙滩。在新疆，能有这样一处水天景色，的确使人兴奋，所以以什么来形容都不算过分。因为地势平坦，极目所见，湖天相连，确有一种海滨的感觉。

假日是幸福的。躺在沙滩上，妻子打着伞，我迷迷糊糊地睡着了。

真主啊！我们的一切，都是真实的吗？虚伪的时代，浮华的生活，在天高地远间，短暂地隐去了。有一种恬淡的回归，撩拨着心胸，脆弱啊！脆弱！我们只能感悟，却不能猜度……面前纷飞的浮云，一丝一缕，尽是撕乱了的浮躁和叹息吗？

在高速公路的南端，夕阳之下，层峦尽染着一片暖烘烘的金黄，与灰暗的大地形成强烈的反差。乌鲁木齐在前方，被包围在浓重的雨幕中。

国军三十六师

七十年前的一个冬天的早晨，一彪人马突然出现在乌鲁木齐东面和西南方，占据了东山和南梁坡。山岗上大旗招展，眼亮的人远远地就能望见，青天白日满地红，顺旗杆一道白补子，宋体墨字：国民革命军陆军第三十六师。剽悍的骑手勒不住性急的骏马，时不时冲下坡来，扬起一路雪尘。但见一路兵马一面旗，一色的黑旗白字，翻卷的“馬”字直晃人眼。

晓事者惊道：“不得了，是马仲英！”

众人狂喊：“尕司令来啦！”

是的，他来了，他又来了。

新疆的老人，很少有人不知道“尕司令”马仲英的，却也很少有人提起他。讳莫若深的原因，是马仲英杀人太多？扰乱了地方？抑或是不在“门宦”？不好说，不好多说，不能多说！世故的老人捋一把长须，嗐，那家子还是个娃娃嘛！

多年以前，在旧书摊上看见过《马仲英传》，封面就是尕司令的戎装照。印象中，马仲英眉眼很浓，十分精神。年轻，真是年轻！

几杆破枪起事于河煌，几百号人鼓噪于河西，到攻取哈密，兵围迪化（乌鲁木齐旧称），以数千骑兵对抗整建制师的苏联红军，使对手唯在飞机之下、坦克之后才能动弹——如此威武壮举，仅仅是在起事三两年之后，不能不使人叹服。

1933年1月，马仲英自酒泉第二次誓师进入新疆。此时，这个年轻人是被国民政府任命的骑兵师长，踌躇满志，意气风发，“奉命讨金”，志在必夺。新疆金树仁的日子难过了。

金树仁是甘肃河州举人，“长于公文书牍”，甚为杨增新赏识，官升至政务厅厅长。杨增新遇刺后，金树仁掌握了新疆大局。此人对财经军事如擀面杖吹火——一窍不通，更兼心胸狭窄、任人唯亲。任上三年，始有大手笔，乃是将哈密维吾尔地主的土地没收充公，分给自陇来新的汉族农民，号曰“改土归流”，此举引发哈密暴动，拨乱全疆，也种下自己逃亡的祸根。

马仲英的号令就是要推翻金树仁的政府。

他的到来，使纷乱的新疆清楚地划分了两个阵营：马仲英是一方，其余的是另一方。

没有金树仁的位置，他众叛亲离，仓皇逃往印度。趁乱，魔王盛世才上台。

看看“反马同盟”的阵容：省军，白俄归化旅，被日军围剿出境转经西伯利亚入新的东北义勇军，土尔扈特蒙古骑兵团和盛世才邀请来的哈萨克斯坦红军师——几场恶仗，尸横遍野，血流成河。似乎没有什么能挡得住马军胜利进军的步伐：一路自阜康南下攻取东山，一路自达坂城北上占据南梁，俯瞰迪化，已是囊中之物了。

然而，真主的前定毕竟无法抗拒。少年英雄在他事业的巅峰时刻，命运急转直下。1934年1月初，苏联红军的十二辆坦克夺回了迪化飞机场，随后，自塔城飞来的三十多架苏联战斗机投入了对马军的战斗。无法想象晴朗的冬天，在毫无遮障的南梁坡上，马军骑兵接受轮番轰炸的情景，史料以“死伤惨重”一笔带过。但马军的反击也是有成效的，马军甚至缴获了不止一架的苏联飞机。1月17日，愤怒的尕司令上了缴获的飞机，用手枪逼着飞行员飞临乌鲁木齐上空，撒下传单，命令盛世才归顺中央政府，向国军三十六师投降。

2月8日，红军师团在飞机的掩护下，以大炮坦克和向马军阵地发起总反攻，激战数日，马军伤亡过半，后援无继，于11日被迫撤退。此役之壮烈，令时人胆寒。苏联随军观察员说，夏伯阳的第一骑兵军，也未有一战能如此状！

接着是仓皇的退却。

红军的报复也是果断的。在干沟，红军堵截住了二百多名马军官兵和随军阿訇，集体枪杀。

还是仓皇的退却。由焉暨到库尔勒到阿克苏到喀什，一路狼烟。

史家有个疑问：当时，东疆一路吐鲁番、鄯善、哈密都在马仲英手里，他完全可以原路返回，驻军哈密，静观事变，讨价还价；万不得已，收军卷旗，退回河西老家，仍是国民政府图谋新疆必须依靠的力量，并不失为一条出路。何故选择退军南疆?

百思不得其解。

资料记载，马仲英不返河西，是因为南京政府不许。新疆内乱，且随时有分离的可能，中央鞭长莫及；盛世才居心叵测，断不能使其一人坐大。此马盘踞新疆，彼盛便有所顾忌。

但此时南京政府同样也节制不了马仲英，退走南疆，还是马军自己的选择。

是时社会，战乱流年，军事第一。无论国共两党军队，还是地方军阀武装，都网罗了不少社会精英。这些人指望军队打下地盘，以施展行政才能，实践政治主张。国军三十六师里，也有不少这样的闲汉：联共党员、国民政府的幕僚、英国领事的代表和日本特务。三十六师的政治倾向，一直有亲英和亲苏两种。马仲英自己不论，他的姐夫、副师长马虎山就是个亲英分子。败走南疆，恐怕一定原因，来自当姐夫的撮唆。

而最终做出决定，还是马仲英本人。

省马大战，由于苏军的武装介入，马军惨败。回族骑兵的骁勇善战，在现代化的兵器面前，已一无用处。马仲英认识到，自己的理想和抱负的实现，必须有军队不断的胜利来保证，而军队的胜利，则需要有先进的武器装备和操作技术。靠起义成军的三十六师的使命已经完成，他想要的是一支高素质的军队，而且这支军队已仿佛就在手中了——想到这，年轻人热血沸腾，败退途中，他兴高采烈，精神抖擞。这一场面，被恰巧裹进战争中的正在南疆进行科学考察的瑞典探险家斯文·赫定忠实地记载下来。

困守河西，攥在中央和马家军阀的手中，哪里来的自由啊？而如今，虽然兵败，却仍有南京政府的承认，还可在新疆省方和维吾尔地方武装之间平衡周旋；往外，印度、阿富汗和强大的苏联，都是可以谈判的对手。二十五岁的马仲英有一个伟大的计划。

从我们看到和听到的情况来看，马仲英的计划非常庞大，他虽然赶不上成吉思汗，但绝不亚于帖木儿。首先他打算征服整个新疆和甘肃，继而联合俄属土耳其斯坦。他是一个穆斯林，因此他的目标是统治中亚的整个伊斯兰世界，做"图兰"（系泛指中亚的穆斯林聚集区，其范围包括中国的新疆、甘肃、宁夏及俄属中亚地区）的苏丹，就像德黑兰的里萨·沙·巴列维所做的那样。（斯文·赫定《亚洲腹地探险八年》）

从马仲英在喀什噶尔群众集会上的讲话和其后的出走苏联，可以推断他是一个伊斯兰社会主义者。20世纪二三十年代，正是这种思想滥觞之时。其后，在反对帝国主义和争取民族自由解放的斗争中，伊斯兰社会主义在亚洲和非洲的一些伊斯兰国家取得了成功。埃及的纳赛尔，利比亚的卡扎菲和再晚一些的萨达姆·侯赛因，都是这个主义的坚定拥护者。年轻的马仲英对一切新事物都充满浓厚的兴趣，他雄心勃勃。放在今天看来，他的理想几近幻想，基本上没有实现的可能，但在军事第一的铁血时代，无疑就是宣言。今天我们在报纸上读到，某个小有成就的企业家放言要占领某国市场，你会认为他仅仅是在吹牛吗？

马仲英最终没有成功。虽然他平定了南疆的两个“伊斯兰共和国”，帮了省方的大忙，但盛世才仍然不能容他。联军已叩开了喀什的大门，为尚存的几千家乡子弟的生命和前程计，马仲英开出了最后的谈判条件：交出军队，远避苏联。

尕司令从此无踪无息了。

有人说，马仲英死于在苏联的飞机训练；也有人说，马仲英没有逃过联共的肃反。我倾向于后者，因为在偶然性和必然性两者间，必然性是比较可靠的。

20世纪40年代初，一位在塔城开餐馆的回民，突然接到当局命令，让他做好一份清真饭食，送到塔城机场，那里停着一架从苏联飞来准备前往迪化的军用飞机。这个回民提着饭屉钻进机舱，看见几个苏联军官正在大嚼香肠，猛灌白酒，唯有一位青年军官端坐不动。他记住了那张俊秀坚毅的回民的脸。

这个传说至今还在新疆回族中间流传：那个青年军官就是马仲英，他被苏联政府秘密交给盛世才，成为他们一个肮脏交易的牺牲品。马仲英的结局，便成了永远无法解开的谜。

时逢马仲英第二次入新疆七十周年，作之。

“新疆花儿”与韩生元

“新疆花儿”是存活于新疆回族民众中的一种民间艺术形式，在新疆昌吉、伊犁和焉耆等回族居住相对集中的区域流传。

有关“花儿”的起源，众说纷纭，比较集中于元末明初。有人考证说，花儿是在蒙藏民歌影响下，由河湟高原山区发源，遂流行于甘肃、青海、宁夏等地。花儿是生活在那里的回族、东乡族、土族、撒拉族和保安族人民共同创造的草根文化。早先的花儿，是青年男女私下交往传情的工具，故又称作“山曲”“野曲”和“少年”。也有研究者以为，“花儿”与《诗经》《乐府》同源，就其“风”而论，确有相似之处，其年代亦当不在近世。

新疆的“花儿”，与新疆回族紧密关联。

新疆地区最早的回族活动，当为元代。据《元史》卷十七

《世祖本纪》载：至元年间（1264年之后三十一年），新疆“滕竭尔”（今阜康县）地方有屯田“回回”三千户。再据元仁宗皇庆二年（1313年）北庭都护府官员的奏文：

> 亦都护为头畏吾儿每，的斛迭林为头哈迷里每，汉儿、河西、蛮子、哈喇章、回回田地里……

元代文书中经常提到的“回回”，确指中国内地正在和已经华化的色目人。而远在西域的奏文也提到“回回”，并与“畏吾儿”“汉儿”等族群并列，可见奏文中所指的回回，可能不是由中西亚东来驻屯西域的“探马赤军”，极有可能是自黄河中上游迁来的、掌握着农耕技术的回回。

有清一代，回族大量西迁。乾隆三十六年（1771年），清政府以“屯垦实边”为名，将陕甘回民集体迁徙新疆。据当时户口统计，甘肃一地迁居迪化（乌鲁木齐）便有两万人以上，仅达坂城居住的就有五百户。加之两次较大规模的回民反清起义，战乱流离与官府“善后”，回民流入新疆甚多。到19世纪末，回族已在新疆，尤其是北疆地区占相当比重。如绥徕县城（今玛纳斯县），居民几乎全是回族；而乌鲁木齐城里，回民也比汉族、满族为多。花儿就是由这些西迁的回族带入新疆的，历史原因形成的新疆南北部几处较大的回族聚居区，为花儿的保存和发展提供了可能和条件。

花儿流入新疆以后，受到地理环境、本地文化习俗和语言音韵的影响，与内地花儿在风格上开始有些变化。到了韩生元手上，一改在内地时的千愁百结和颤音拖腔，有了维吾尔音乐的轻松欢快，有了哈萨克族阿肯弹唱的机智幽默；节奏变得明快，唱词和曲调铿锵有力，演唱者更能洒脱自如。新疆花儿唱词中，还夹杂着维吾尔、哈萨克族等民族的语言，如“吾克夏什”“海买斯”“玛西纳”等，比如这两段新疆花儿：

手提上砍土镘下地哩，巴依契约写下；
长工的苦活咋做哩，不做是由不得我哩。
博斯腾湖里的鱼哩，抓上（者）巴扎上卖哩；
坐不上花轿骑马哩，远路上尕妹看哩。

其中的“砍土镘”“巴依”“巴扎”就是突厥语词汇。不仅如此，汉语的语法结构也发生了变化，“巴依契约写下”是宾语前置，而“抓上巴扎上卖”“远路上尕妹看”省略了介词，这是汉语突厥化的应用方式，今天新疆维吾尔、哈萨克族等民族说普通话时，也依然如此。

再有，新疆独特的自然风貌和多元的人文背景，也大量应用于花儿的借喻比兴手法中。如：

火焰山有口坎儿子井，井里头清水流哩；
只要是尕妹子有心，最好的办法想哩。
金山银山八宝山，哈萨克占的是草山；
我煨的尕妹你没见，万花里挑下的雪莲。

在演唱风格上，新疆花儿也吸取了当地民族民歌的演唱特点。比如韩生元早年创作的《花花尕妹》：

铁匠铺里（吔），铁打铁；

你把阿哥心拉斜，花花的尕妹呀！

“吔”是维吾尔歌曲中经常使用的装饰尾音，内地花儿演唱从来不见，唯新疆花儿独有。演唱时，歌手摇头晃脑，尽显滑稽与无奈，这是新疆花儿的特色之一。

韩生元老人居住在米泉长山子镇马场湖村。那天随新疆艺术研究所课题组采访调查时，由群艺馆的焦馆长带路。

看得出，老焦与韩生元的交往非同平常。焦馆长熟门熟路，推开韩家的院门，一路大呼小叫就往里闯。我跟在后面，险些与猛折回身的老焦撞在一起。老焦压低声说，老汉正做乃玛孜呢，等会儿吧！

这时正是上午，做的是哪番乃玛孜呢？我诧异地掀开套间的门帘子，看见一个身材颀长的老人背转身站在炕上，正在吃力地套着一条新裤子。

大概是极不情愿让人看到自己衣衫不整的样子，老人一时间很忙乱，直到把衬衣、毛衣都擩进里外几层的裤腰里，才显出常态。老人的哑巴老伴也来帮忙，为他套上一双黑亮的皮鞋。一身光鲜的韩生元站在地上，翻着眼白，脸上洋溢着夸张的笑容。老人失明二十多年了，他已经忘记了怎样很好地控制表情。

我们在韩家院子里，做着简单的访问调查。因为有老焦在场，老人很随意自然。被誉为新疆“花儿王”的韩生元，接受媒体访问已是家常便饭，我们刚开个头，他就把早已烂熟于心的那些话照背了一遍，包括问到的和没有问到的，以及他的“爱情”和婚姻。作为一个调查者，我应当欣喜遇到这样一个主动配合的对象，而作为一个同族晚辈，我又为这样一个失明老人在人前口无遮掩而感到有些尴尬。显然，他是被之前的那些采访者调教成现在这个样子的。老人的一个儿子在菜园子里忙碌着，看上去表情淡漠。他的另一个儿子，则一直乐呵呵地站在父亲身边。那个快乐的儿子有些智障，这是立即就能观察到的。

有关新疆“花儿王”韩生元的生平，媒体和出版物都有记录。依据米泉市文化馆编辑出版的《韩生元演唱专辑》中的生平描述，韩生元祖籍青海，1921年出生于新疆呼图壁县。他的祖父、父亲和母亲先后在1921年和1928年被当地马姓财主残害致死。韩生元七岁成了孤儿，被一位叫“马爷爷”的民间曲子艺人收留。流浪、乞讨、学艺是韩生元童年时期的生活内容。十三岁时，老艺人也去世了，少年韩生元离开呼图壁，在北疆东部县份流浪。在苦难年代，他做过几乎所有的活计，为谋生奔命。跟随当时的小曲子班社卖艺糊口，是青年时期韩生元经常的事。回族较保守内敛，对艺术活动向来节制，花儿一直就是民间才人即时即兴、自娱娱人的形式，客观地讲，以演唱花儿谋生在回族社会中几乎没有可能性。韩生元演艺生涯面对的基本应该是新疆本土汉族民众，而且也以小曲子演唱为主。20世纪40年代，韩生元已有了不小的名气，今天的新疆曲子研究者在整理研究那个时代的演艺活动和代表性艺人时，都不会忽视韩生元的名字。

韩生元对于新疆小曲子卓有贡献，最能集中体现韩生元艺术成就的，还是他编创的大量的花儿段子。

回民没有史诗，没有鸿篇巨制的信史、大量的歌谣、民间故事充沛在古往今来的民众生活中，承载着历史的章节和片段。花儿就具备着这种功能。遗憾的是，历史上这类民间歌谣鲜有文字保留，经过无数的歌手传唱，往往加入当时代的生活内容。所以，民间流传的花儿最多只能印证百年历史痕迹。但这种痕迹却又是准确的和深刻的。这缘于歌谣这种富有激情和强烈个性的特殊艺术形式。从韩生元编创的花儿中，可以清晰地考察清末以来新疆回族民间社会生活、民众信念和社会心理。而我以为，尤以他早期的创作最为出色，这主要因为基本未受到意识形态的外在干预，在自由创作中完整保留了民间社会本原和质朴文化特征。

对黑暗、丑恶和腐朽社会现实持续不断地嘲弄，暴露不公道和不正义，呼唤真情，渴望不死的爱情，是花儿永远的主题。这也是花儿以最简朴的艺术表现形式长久存活于回族民间的缘由。为富不仁、贪婪傲慢的财主，正直的或是贪财的阿訇和念经人，孤苦尕娃儿，善良阿妈和回头浪子，孤寡婆媳，以及化形助人的天仙等回族民间故事中的内容，常常是韩生元花儿中的形象表征。这些流传数百年故事中的人物，早就成为善恶的判断坐标，非常适合花儿中大量存在的言简意赅的修辞手法。

民间艺人即便是对待自己早已流传开来的成熟作品，也不会停止即兴创作。韩生元也是这样。而且即兴编入的新词并不拘泥于先后顺序，这种倒乱时空的组合，能给人一种异样的心灵体验。坐飞机，逛上海，以及民国的世风开化……韩生元可以把几十年光阴里的时髦事物错落糅进歌词中，尽可能地拓展演唱时的想象。从《诗经》中蚩蚩的“氓”，到《双探妹》中花言巧语绕搭女子的“哥”，男女情爱亘古不变，都是活着的真实的人生。

在与韩生元老人的几次接触谈话中，我尽量使用家乡口音，以达到亲近的气氛。老人很敏感，自尊心很强。他向我炫耀他的皮鞋，说是中央电视台的记者给他送的。前段时间，中央电视台做过他的节目。我也看到了。说实话，我一贯不咋会说奉承话，见我不语，老汉问道，咋样，不行吗？我弯腰去捏揣了一番，说鞋是好鞋，穿上挤脚不？老汉哈哈大笑，看上去十分满足。

韩生元老人与我父亲同岁，我父亲去世已经几年了。在韩生元老人面前，我有一种对父亲尊重敬爱的体验渴望，然而并没有多少机会。老人在演出时一直被人们簇拥着，个别的间隙，他坐在阳光下的椅子上，或仰着头，或垂着头，沉默不语。回族老人的晚年生活多是待在清真寺里，弥补拜功，享受着晚辈的伺候和奉承。韩生元老人显然没有这样的境遇，他是个孤独的人，尤其是晚年。听说，由于孩子们各忙着自己的农活家事，午饭有时都没有着落。

花儿要有对子，花儿也要有社会批评的空间。现代社会男女交际方式的改变，歌功颂德的政治需要和新近流行的盛世论相继拔去了花儿的几朵花瓣，花儿日见式微。花儿失去民间土壤，变成花瓶里的花儿，这才是它的悲哀。老年的韩生元和其他一些花儿歌手正在失去创作灵感和激情。

好在老人的记忆力很好，那些早年积存在心里的花儿段子，填补着他晚年生活的空虚。每次都是这样，开始录音时，老人偶尔还有些忘词，声音也是喑哑的。然而过不了多久，激情的记忆就会唤醒，他的声音大了、亮了，演唱更有表情了。他进入到回忆或是想象的情节中，会即兴加词，展开段子。即便是同一个令，同一段曲，每次录音都会有所不同。录音师担心老人的身体，示意休息一会儿，但他忘记了老人已是个盲人。这时候的韩生元，只管放任自己在记忆的世界里神游。我相信，他的意识一定是纠葛在一起的，往事历历在目，浮现在眼前。他的表情、神态和问答式的表演，都会给人一个错觉，他不是苦于没有花儿的对子吗？不，对子就在眼前。去年五月在青格达湖边度假村的房间里，为防止声光干扰，我们紧闭了门窗，遮掩了窗帘。在聆听韩生元的花儿时，我闭上眼睛，那些唱词中所涉及的人物、事情，一一在昏黑的房中游走、演绎。

花儿伴着回族来到新疆，入乡随俗，融入到新疆多元文化共生共存的环境中，获得了维吾尔族、汉族、哈萨克族、蒙古族和锡伯族等世居民族的认同和喜爱。韩生元有个汉族女徒弟。去年5月，有关团体为韩生元承办了一个拜师礼，有位六十多岁的维吾尔老人成了他的新弟子。我听到过伊犁哈萨克人和锡伯人唱的花儿，还有些河湟味道呢！2007年在巴里坤，我遇到一位蒙古族姑娘，唱得一口好花儿，还是地道的新疆土语。

其实，独具新疆地域文化特征和多元文化特色的新疆花儿，与河湟花儿、洮岷花儿早已形成三足鼎立之势。不过新疆花儿的基本格式仍与关内花儿相同，属于河湟花儿体系，在花儿的格律、押韵、调式、节奏等方面，具备内地花儿所共有的一些美学特征。我国西北地区民间音乐的典型风格，是高原特定环境造就出来的，它们辽阔、豪放，又悲凉沧桑，有一种力度与深度覆和的壮美，是漫长时岁苦焦人生的体验，是心灵的挣扎和呐喊。新疆花儿承继了西北民歌的美学特征，同时也兼备鲜明的西域特色。

新疆花儿的曲牌（俗称“令”）有二十三个之多，除河州三令、白牡丹令、脚户令以外，还有东乡花儿的尕马儿令、大眼睛令等。韩生元创作的花儿中，这些令基本都包含其中。他的花儿唱腔虽然沿袭内地花儿高亢、嘹亮的风格，更兼具细腻、委婉和幽默的新疆味道，吐词清楚，音韵圆润，旋律感强，节拍整齐。韩生元的花儿还将西域流传的民间歌曲、眉户剧甚至信天游糅进去，兼具小曲子的一些特征。花儿唱词富有浓郁的生活气息，蕴含着丰富的民间知识，内容非常广泛。以历史人物入词，以天下大事作喻，男女情话，家庭琐事，尽可唱来。至于自然万象，风云日月、山林土石、花鸟禽兽等，都是眼见口出，随拈随用。当然，花儿还是以男女情爱内容居多，其萌动、情发、追求、相恋、思念之情感，或生疑、情变、离别之过程，无不入词入歌。其情怀之真挚，其坦露之直白，执着坚韧，大胆粗犷，使聆听者内心振荡，莫不为之动容。

回族民众将花儿演唱称作“漫花儿”。

花儿原本“漫”于山梁孤岗，于固定曲令中，即兴编词，脱口而出，自由放歌。“漫花儿”以独唱为主，对唱次之，或有随意松散轮唱附和。放牧途中、庄外翘盼、田头歇作、婚宴家席等时所，皆可“漫花儿”。“漫花儿”时，或比兴叙事，或托物寄情，有心者投石问路，有意者曲径通幽，难怅时一吐为快，欢喜时舒放心怀，情绪不定，悲喜由人。在漫长的农耕文明时代，花儿的确是素平肃穆内敛不事张扬的回民们发散各样心情的一口天窗。

“漫花儿”少有伴奏，偶尔为之，不过是三弦之类的简单乐器。近些年，新疆花儿的演唱多现舞台，已是无伴奏不成歌。其伴奏也由单件乐器、继之民族器乐合奏，发展到电子合成音乐与西洋管弦交响了。其势壮则壮矣！其韵则与“花儿”原本精神，渐行渐远了。难怪有一次，韩生元在舞台上与乐师发了很大一通脾气，让人吃惊不小。老汉信马由缰的花儿演唱，被伴奏的节拍弄得只鳞片爪，最后只能举着话筒跟着伴奏有一声没一声地哼调调。八十八岁的老人了，就这么晾在台上，哪能不发火？

老年的韩生元，还是个性情中人。

（入选《新疆非遗丛书》）

婚礼上的《亚里亚》

第一次听到原汁原味的《亚里亚》，是在乌孜别克人的婚礼上，他们生活在新疆南部的莎车。

莎车曾经是西域叶尔羌汗国的都城，一度是新疆南部乃至中亚的都会，著名的《十二木卡姆》就诞生在这里。发端于昆仑山脉的叶尔羌河滋养着莎车、叶城、泽普等连绵不断的绿洲。莎车东迎和田、敦煌，西接喀什、撒马尔罕，得天独厚，风光无限。城外是麦地棉田，荷池桑陇；城内是花廊绿荫，渠水淙淙；白天车辚马啸，红尘滚滚；夜晚胡音飘忽，丝弦喃喃。很长一个历史时段，莎车可是东来西往的商贾军汉梦中神往之处。

那些商队中，就有现在居住在莎车的乌孜别克人的先人。新疆现有乌孜别克族居民一万五千多人，主要分布在北疆的伊宁、塔城，南疆的喀什、莎车、叶城等地，其余散居在乌鲁木齐等疆内各城市。莎车有一千多乌孜别克人，多数住在县城及附近，除少部分公教人员外，大多从事手工业和小商业，种地的很少，放羊的更是不见。乌孜别克人有自己的语言，但现在能讲的不多了。生活场合，一般使用维吾尔语，公共交际时，也说普通话。

由于和维吾尔混居的关系，大面看上去，他们和维吾尔人没有什么区别。但接触一阵子就能发现，这两个民族还是有许多不同之处的。同样是聚会歌舞场合，乌孜别克人能弹的不唱，能唱的不舞，比维吾尔人要内敛一些；乌孜别克人重视教育，看上去，男女老少都有极好的素养。家风严谨也是这个民族的一大特点。在莎车，我们调查过几个乌孜别克族家庭，外面，是土墙窄巷；进了大门，却是别有洞天：彩漆回廊，雕梁画栋，茶几盆景，尽陈眼前；葡萄架下，多设花毡地台；院外骄阳似火，院里湿润清凉。主人或是教师会计，或是工商业主，坐在自家地毯上，个个都是一副“帕夏”派头。遮着面纱的女人只将食物茶炊端至门外，由儿子或兄弟传递进来，主人接过，敬给客人。能在客人跟前露面撒欢的都是十岁以下的小童幼女，像是知道这幸福时光分外短暂似的，女孩在父亲跟前盘膝绕颈，十分嗔娇。父亲对孩子，尤其是女孩，也是十分爱怜，这使得门外的几个规规矩矩的少年少女，看上去变得十分突兀。

乌孜别克人在居住地被当地民族同化，改变语言和生产生活方式的情况已十分普遍。据说，在北疆的新源、尼勒克、特克斯，东疆的木垒、奇台等地生活的乌孜别克族居民从事草原牧业，他们住帐篷、喝奶茶、讲哈萨克语、弹冬布拉。现在，能够保存本民族文化传承、固守传统生产生活方式的，恐怕只有居住在如莎车、叶城这些县城的乌孜别克人。有时感到，回族与乌孜别克族有些相像，同样生活在一个多数民族的大文化背景里，眼睁睁地看着自己身上的民族文化符号一点一点地脱落，焦急是一样的，甚至无措间抓住的绳索也是同样一根——这就是对民族传统和信仰更固执地坚守。

10月末的莎车，清晨已经有了寒意。听到清真寺的唤礼声，我们便急急地赶往回城。天色很黑，小巷左拧右拐、横隔斜岔，虽然白天已经来过，但此时若无向导引路，我们是决然摸不到地方的。清真寺前亮着一盏昏黄的路灯，是搪瓷碗罩的那种，该有几十年了吧，让人有一种怀旧之感。

一会儿，传出一片咳嗽声，一群步履蹒跚的老人从寺里走出，我们尾随其后，去巷阵里的一户乌孜别克族人家。今天这家嫁女儿，办喜事。

此时天空晨曦已显，尚未落尽叶子的枝丫衬着瓦蓝天幕清晰可辨。巷子里的人家在大门上装了电灯，把个狭窄幽长的小巷变成了橘黄色的暖烘烘的隧道。陆续赶来的人们随便坐在墙边的长凳子上，有青年持水壶毛巾接水盘，为客人挨个儿净手。乌孜别克人对老人十分尊重，每有老者来时，候在小巷两侧等待入席的客人都起立恭候，与老人握手道“色俩目”；就连一直追撵游戏的小孩子，也把手指塞进嘴里，怔怔地靠在墙边。男方家送来了一头小牛犊，还有清油、大米和胡萝卜，车厢的后面，堆着些柴火棒棒。这是乌孜别克人的风俗。

院子不大，房间也小。先来的客人已被安排吃饭，两人一份“普洛”，直接以手抓食。昏暗的灯泡下面，一圈人围跪坐在花毡上，膝前是油晶晶的米饭和撕碎的羊肉，盛在各式各样的盘子里。吃法是这样的：使用右手的食指、中指和无名指，将盘中的米饭拨到跟前，三指并拢将饭压实，借助大拇指抓起填入口中，接着再添净手指上的米粒和油脂——食者低眉垂目，谨言慎语，十分朴素虔诚，很有些上古遗风。要不是那几个扎着红领带、出出进进、精神抖擞传递食盘的小伙子，你说是婚宴，可能没几个人相信。

早上的婚宴不见女人，听说，女客是下午才来。乌孜别克男人做客是空着手的，礼物只有女人才带着。

中午过后，女客人陆陆续续地来了。女人们多着黑色宽袖长袍，披戴黑色、白色或棕色面纱、头巾，怀里抱着花花绿绿的包裹，里面是馕或者其他各式各样的礼物。主方家的女人们便在院子内外迎接，互相问安，行贴颊礼。这会儿，男方娶亲的车队也出现在巷子口。车上挽着红绸，装饰着金银纸花，喜气快然。新郎西装革履，陪伴着的也是一群打扮入时的青年。他们簇拥、抬着新郎，喊着“安拉乎艾克拜勒”，进了女方家的巷子口。临近门前，早有人铺下一张白布，新郎要双脚踏过，才算礼成。刚刚被新郎踩过的白布，立时被人们撕扯哄抢争夺，是时笑声、喊声一片，婚礼热闹起来。

女客和男客们被安排在不同的房间里，照例有少女和青年分别传递茶炊果点，殷勤侍待。阿訇来了，是位红面银须的老人。阿訇被礼让进西面的房间里，一时间，男女方男性亲属一拥而进，靠墙环坐，新郎也在其中。遮着白面纱的新娘由伴娘陪着，立在门外。根据伊斯兰教教义，男女婚姻必由阿訇念

“尼卡哈”才算成立。一张政府发的结婚证书放在银色托盘子里端上来，阿訇谨慎地看过，放在一边。念过一段经文后，阿訇侧身询问男女方意愿，新郎点头认可，但被要求以言语表达。询问新娘时，女子低着头，面纱垂在胸前，久不言语。再三问来，只见面纱索索抖动，似有微声，旁边的男子，应该是新娘的长辈亲属吧，大声传话：“愿意！”

一旁摄像的同事对我说，他听见新娘子在抽泣。新郎是喀什人，家境富有，但身体略有残疾；女方家要贫寒一些。维吾尔摄像师分析道，这一定是包办婚姻，这家女儿肯定是屈从父母之命的。唉！他惋惜地叹着气。

然而第二天，我们在喀什再次见到了揭过面纱的新娘。她红光满面，喜气洋洋，看上去十分幸福快乐，让我们的摄像师目瞪口呆。看来生活并不是想象中的非此即彼这么简单。

原生态文化调查的那几天，我们参观了乌孜别克人的清真寺，采访了民间艺人，还谒访了乌孜别克族诗人费尔凯特的陵墓。陪同的乌孜别克族人士在陵墓旁神情肃穆、咏经作辞；在陵室内，他们齐声朗诵着镌刻在四壁的诗文——这情景令人感动。我虽然不能明白那些诗文的含义，但对于一个民族历史与文化的深沉内涵，还是让我浮想联翩。

包括撒马尔罕、布哈拉和费尔干纳盆地在内的粟特地区，土地肥沃，人民丰足，自古以来商业就很发达。粟特商人经常长途跋涉到汉时长安交换商品，沿途所在，到处都有他们的商务机构，撒马尔罕更是当时的商业中心。《魏书·西域传》中的“康国”就是撒马尔罕，其中说道：“诸夷交易多凑其国。”公元14世纪中叶，东西两部的蒙古察合台汗国再度统一，帖木儿兴起，建都于撒马尔罕，中亚全面伊斯兰化，原来的粟特人放弃了佛教和袄教信仰，成为穆斯林。1500年，蒙古钦察汗拔都之弟昔班的子孙、领地在咸海以北的乌兹别克人大举南下，占据撒马尔罕，帖木儿王朝灭亡。属于伊兰种的粟特人、少部分蒙古人以及突厥与蒙古混血的乌兹别克人混杂居住在粟特谷地。几个世纪后，一些敏捷智慧的人出现在新疆的各个城市和绿洲，从事商业、民间金融和手工业，依然是千年以前粟特人的做派，但他们自称是乌兹别克人。

乌兹别克斯坦独立后，曾有一些居住在新疆的乌孜别克人前往塔什干、撒马尔罕和安集延等地寻亲探友，但后来多数还是回到中国。我们访问的一位民间艺人就是其中之一。当我问他回来的原因时，他踟蹰了半天说，那边房子很贵，钱不好挣，末了又添一句，那边的人和咱们这边的人不一样。

1994年秋，我为所在的外贸公司办理棉花进口业务，在塔什干空耗一月，一事无成。塔什干到处都是商人，但这是些我们从未见过的另类，我们所有熟悉的生意手段和技巧都没有施展的余地。不仅是我们，就连在中国商人面前耍惯了花样的俄罗斯客户，在塔什干人面前，也变得恭顺谨慎。他们说，十个俄罗斯人比不上一个犹太人，十个犹太人比不上一个乌兹别克人。在这些具有两千多年商业智慧积淀的人群中，我就像一个白痴。在塔什干的瓜果市场，聚集着来自哈萨克斯坦、新西伯利亚和高加索的瓜商。当批发商报出价格后，众人齐涌而上，完全是哄抢的态势。原来，西瓜以个儿计价，碗大的和脸盆大的都一样。人家塔什干人除了要利润外，还要一个买卖的气氛。我总算明白了，汉唐时代的中原商人为什么甘心情愿把丝绸美器交给粟特人，而不自己贩运到撒马尔罕谋取更高的利润，是汉人畏惧长途劳顿吗？不，汉人最不怕的就是吃苦了。两千年后，一群来自中国的商人在塔什干，除了自相杀价外，还是无所作为。

生活在新疆的乌孜别克人，应该说，找到了一种平和。这从他们的乐、曲中可以听得出来。

乌孜别克人的“埃希来”或称“大艾休来”“穹艾休来”，属民间歌曲。唱词为多段式律诗，每段四句。内容多是悲叹人生苦难、失恋痛苦或劝人止恶行善等。篇幅较长大，有较强的叙诵性。情绪由深沉起，渐转激动，最后回到深沉结束。以苍老、深沉的音色独具风韵。

“叶来”与“埃希来”一样，也为多段式律诗，每段四句，内容以表现爱情为主。音乐结构短小，曲调朴实生动，情绪明快，主要曲目有《博斯唐》（绿洲）和《亚里亚》（情人）。《亚里亚》也是劝嫁歌，在婚礼中送新娘时唱。

《亚里亚》唱起时，正是新娘在一方由众女伴擎起的红色布幔遮蔽下、被簇拥着来到母亲面前的时候。

把劝诫、教导、祝福和生活知识融进歌里，由众人唱给新嫁的女子听，不能不说是一种智慧。不管怎样，众口一词，众口铄金，歌曲中蕴含的强烈的道德力量借群众之口一浪接着一浪地涌过来，会给当事者一种从未有过的震撼。婚礼的头两天，女儿就被送到亲友家中，而且男方也从那里接走新娘子。此时是少女为新妇之前最后一次踏进家门，所以，红布幛幔下遮着面纱的女儿一进大门便大放哭声，但《亚里亚》却恰好在此时唱起，演绎着悲悲喜喜的人生。

葡萄架下，母亲被老妇人们拥着坐在长桌的一端，看上去也是悲喜之色。女儿在一群年轻女子的陪伴下站在十步以外，听着大家的歌声。新娘双手捂面，哭泣不止。我们站在摄像机后，十分期待那种情感交融的激烈场景。但“礼”止于此。“礼”就是这样，当事之时，常常会觉着它琐碎甚至伤情；经世之后，方知其为匡正人生的有效途径。出嫁的女儿、女儿的父母还有那么多的宾朋，大家都在按自己的角色演绎着一个千年不变的故事，无出其右者。文化如水，传承如流，它是民族血脉的延续和寄托。

没我们什么事了，收了机器，走出大门。

未见夕阳，但橘红色的阳光却分明曝洒在莎车回城参差错落的屋顶楼檐上，极像是印象派的油画。一排鸽子站在院墙头上听着热闹，黑的、白的、灰的，见我们走来，挤挤挨挨地挪出一点空隙，好像我们当真要从它们中间走过去一样。

（原载《回族文学》2010年第3期）

鲁克沁维吾尔人的婚礼

鄯善县的鲁克沁很有些年头了。

汉代和魏晋时，这里就是屯田要地。唐代经营西域，在此设柳中县，行政功能与中原无二。有人考证说，“鲁克沁”不过是汉语“柳城”的谐音而已。回鹘西迁后，这里又是回鹘高昌汗国领地。清雍正年间，当地维吾尔头领额敏和卓护国有功，被清廷授以君王，鲁克沁就是封授之地。岁月荏苒，光阴忽忽，历史上，各路英豪在东天山南翼上演的人生大剧，多以鲁克沁一带为舞台。现为吐鲁番地区鄯善县一个镇的鲁克沁，因深厚的文化积淀及其在历史上的特殊地位，2005年9月，被国家命名为“中国历史文化名城”。

鲁克沁民风厚重，上溯有源，维吾尔的回鹘文化传统和礼仪风俗，这里都多有保留。婚礼在各民族的人生礼仪中，都是最重要的。鄯善县鲁克沁镇的维吾尔婚礼，场面华丽热烈，形式活泼，内容丰富多彩，成为维吾尔传统文化尤其是音乐歌舞文化的重要载体。

《鄯善县志》里记载了一段鲁克沁郡王依明和卓与哈密王沙木胡索特之女阿伊汗麦热阿巴斯结婚的盛况。

到了合婚的时候，婚礼在沙亲王府举行。先鸣礼炮九响，继而由色旦夏大阿訇证婚。参加结婚典礼的约有四百人。仪式举行完后，接着举行了盛大的宴会。婚礼一直持续了十五天。十五天里，哈密沙亲王府内外乐舞昼夜不停。从第十六天始，哈密王开始宴请清政府在哈密的官员，直到第四十天才告结束。这期间，王府内灯红酒绿、歌舞不绝自不必说，王府门前也如同集市，商贾云集。叶明郡王在哈密一直住了三十天才领着新娘，浩浩荡荡，一路乐舞地返回鲁克沁。回到鲁克沁后，叶明郡王又继续举行了二十天的庆祝活动。

“乐舞”提升了欢乐的层级。汉族俗语有“无酒不成席”的话，而维吾尔人，该是“无乐不成宴”吧？对于酷爱乐舞的维吾尔人来说，一场没有歌舞的宴会、礼仪，是不能想象的。

上层贵族的婚宴自然是极尽奢华，而一般民众的婚礼又当如何呢？让我们走进鲁克沁，参加达朗坎乡的一场婚礼，亲身感受一番维吾尔民间礼仪和歌舞文化的古老魅力。

二十二岁的卡斯木要结婚了，新娘是镇子上铁匠艾则孜·尼亚孜的小女儿茹鲜古丽。

婚礼的日子早就由大人们商量好了。几天前，卡斯木的好伙伴哈桑就挨家挨户地通报过了。全村的人都要来，秋收后的村庄，需要一场欢乐的洗礼。

头一天，卡斯木的叔叔和姑父带着馕和布料子等礼物，赶着马车，载着一班鼓吹乐手，一路吹吹打打地前往镇上的铁匠家。乐队有两对纳格拉（鼓）和一只冬巴克（大鼓），已经很体面了。吹苏乃依（唢呐）的艾力是个瘸子，远近闻名，就连吐鲁番那样的大地方都知道他。艾力一路上都在吹奏《朱鲁》，这是木卡姆中的一部分，但愿这吉祥的乐曲，能让两亲家在商量婚礼进程时和谐顺利。

新郎卡斯木留在家里。晚上，家里要举行“托依巴希拉西”。维吾尔的婚礼，从头天晚上就算开始了。卡斯木的父亲还请来了另一支乐队，是一班弹拨乐手。他们在萨它尔、弹布尔、都它尔和达普（手鼓）的伴奏下，唱《叶尔》。《叶尔》唯吐鲁番地区有，是婚礼的祝福曲，时间可能很久远了，是在“托依巴希拉西”中必须要唱的。叶尔之后，还要演唱一套潘吉尕木卡姆，家人和前来相贺的亲戚朋友们，这会儿都离开宴席桌子，伴着木卡姆的乐声，在院子里翩翩起舞。

第二天清晨，卡斯木由阿訇陪同，前往新娘茹鲜古丽家念“尼卡哈”（伊斯兰教婚姻见证的仪式）。出门时，看见瘸腿的艾力和几个鼓手已爬上他家的屋顶，开始吹奏萨巴木卡姆。“萨巴”的意思就是“晨风”，嘹亮的鼓乐声伴着清凉的风在村子的上空飘荡，听见的人都知道，婚礼就要举行了。这一天是个快乐的日子。

卡斯木和阿訇回来时，萨巴木卡姆的五大段都已奏完。乐队正在演奏的是纳瓦木卡姆。卡斯木家的院子里，挤满了前来祝贺的亲朋好友和乡邻里居，他们在鼓乐声中手舞足蹈，一派热烈欢快的气氛。

中午时分，哈桑他们已经装扮好了迎亲马车。卡斯木在这些年轻伙伴的陪同下，驾着三辆花枝招展的马车，浩浩荡荡地去迎娶新娘。瘸子艾力和鼓手们也在马车上。东家这次给的报酬丰厚，班社的表现自然十分用心卖力。路上，艾力吹奏的也是《叶尔》，不过将节拍换成“朱鲁”节奏型，以适合鼓吹乐演奏。

响亮的鼓吹乐声很招惹人，进了镇上的大街，路人们都扬着笑脸驻足观看，花车后更是推推搡搡地跟着一群姑娘和顽童。乐手们挤眉弄眼，演奏得更投入了。到铁匠家门口时，艾力的苏乃依吹的是《托依麦西热甫》（婚礼麦西热甫），曲调变化流畅自然，谁也没有听出来。乐声召唤出来新娘家的亲戚，还有镇上那些爱热闹的人。人们自然地围成一个圈子。铁匠的徒弟先跳起来，引得人们按捺不住，男男女女都跳起舞来。一时间，马车周围，手臂高扬，鼓手们用力击鼓，鼓点细密，像冰雹砸在铁桶上。躲在邻居家的新娘子茹鲜古丽，被鼓声敲得心底痒痒的。她透过盖头朝窗外偷看，自家的院子，红红火火，歌舞喧嚣。还嫌热闹不够，艾力的苏乃依吹奏出短促急切的《纳孜尔库姆》，铁匠的徒弟和哈桑，一个模仿瘸子，一个模仿小偷，和着动感激烈的乐曲节奏，做着各种滑稽诙谐的动作，引得围观的人们放声大笑，前仰后合。

婚礼麦西热甫正在高潮……

用过午餐之后，双方亲戚开始互赠礼品，开箱展示彩礼，过嫁妆。新郎卡斯木头戴新娘家准备的“戴斯塔尔”（缠头布），披挂着绸缎，在伴郎的陪同下，去邻居家接新娘子。新郎新娘见面问安，并相互戴花，然后双双走出邻居家门。这时，鼓吹乐队高奏欢快的《夏迪亚纳》，迎接这对新人。

新娘茹鲜古丽回到自己家中，在《多浪木卡姆》的乐曲声中，她向养育自己的一双父母行告别礼。一对新人跪坐在父母的对面，铁匠艾则孜·尼亚孜拿起“苏布尔”（做面食时铺的白布），在小两口的头顶上分别绕几圈，表示女儿就要做家庭主妇了，新女婿即要担负起养家糊口的重任。这个仪式，饱含长辈对晚辈的祝福之意。

告别仪式结束后，鼓吹乐奏起欢快的《赛乃姆》，新娘茹鲜古丽在乐曲中被扶上马车，新郎卡斯木则骑上骏马，一起返回达朗坎乡的新家中。途中，镇上亲朋好友不断阻挡车队。每到马车被路上横扯的一块彩布阻挡不能行进时，乐队就要奏《铁力克》。乐曲声中，有人跳舞祝福，有人向新人赠送礼物。

快到村口时，新郎卡斯木骑马先跑回家里，告诉娶亲的车队已到了，家里人开始迎接新娘子的仪式。迎亲的马车来到家门口，乐队奏起《夏迪亚纳》，新娘乘坐的马车要围着门前的火堆转几圈，以“逐鬼驱邪”。然后，新郎卡斯木和新娘茹鲜古丽双双坐在长凳上，接受亲人的祝福和礼品、礼金。这时，等候在门廊下的艺人们齐声高唱《铁力克》，告诫一对新人不要忘记父母的养育之恩。《铁力克》歌词中强大的道德力量，让一对新人百感交集，情不自禁流下眼泪……歌声中，新娘茹鲜古丽坐上花毡，被人们抬着越过火堆，进入新房。卡斯木也随着进屋，他卸去头饰披挂，这才觉着轻松些。这时候，门外的歌声也停歇了。

娘家的客人这才被礼让进院子，鼓吹乐《夏迪亚纳》再次奏响，这是催促着一对新人赶紧出门迎接亲戚……晚上，卡斯木家举办隆重的婚礼麦西热甫，管弦齐奏、歌手同声，一村乡亲和亲朋好友在吐鲁番木卡姆歌乐声中，欣然起舞。歌舞的间歇，还有风趣的游戏，把个农家院落，闹得热气腾腾。

这场婚礼麦西热甫直到深夜才结束，疲惫的卡斯木被送到邻居家过夜。婚礼当晚，他是不能留在新房里的，这是古老的规矩。

婚礼的次日，照规矩，卡斯木家还要举行米力斯。

“米力斯”是一项大伙参与的娱乐活动，地点就在村头磨坊边的麦场上。参加者是卡斯木和茹鲜古丽的朋友，全是未婚和已婚的男女青年人。婚礼请来的班社还没离开，他们奏起管弦，唱起《米力斯》歌舞套曲。歌乐声中，大家传递着用布料卷成的像鞭子状的“蒲塔”做游戏。哈桑头一个走出来，邀请他看上的一个姑娘。那姑娘起身，与他相对而立。两人各自转三圈算是行过礼了，姑娘这才接过哈桑递过的蒲塔。姑娘踏着乐曲的节奏起舞，继续寻找着下一个传递对象。哈桑有点后悔，觉着自己应该胆子再大点，递给姑娘两个蒲塔的。参加米力斯的男青年，有悄悄准备两个蒲塔的，这是想与心仪之人约会的暗号。不过这样做也很冒险，如果人家无意，他可是要吃亏的。

卡斯木没有去参加米力斯游戏，他在等待自己的幸福时刻。

米力斯这天的晚上，新郎会被众人簇拥着，进入洞房。连着三天的婚礼过程，这才算结束了。

从婚礼前夜男方家举办的“托依巴希拉西”聚会，到婚礼次日举办的“米力斯”游戏活动，鲁克沁维吾尔婚礼有一套相对固定的歌舞乐程序。鲁克沁婚礼仪式中出现如此众多、如此丰富的歌舞乐形式，在以能歌善舞著称的维吾尔民间也堪称卓越。虽然婚礼礼仪中各段乐曲的布局有一定之规，但乐曲的反复、歌词选择、乐曲旋律特别是纳格拉的加花变奏都有相当的即兴性，达到传统程式和艺人个人艺术才华的最佳结合。

鲁克沁所举办的每一次婚礼，都有众多的群众参与，婚礼礼仪上的系列歌舞在当地民众生活中不可缺少。世代相承，人人都会歌唱，人人都会舞蹈，鲁克沁维吾尔婚礼系列歌舞活动便成了培养民间艺术家的摇篮和传承木卡姆等传统乐舞的重要舞台。

已故民族音乐学者周吉先生在研究了《叶尔》《铁力克》和《米力斯》等古朴典雅的音乐风格后，认为它们可能具有更久远的历史。“叶尔”这一名称只在吐鲁番地区维吾尔传统音乐中才能见到，与哈萨克、塔塔尔等突厥语民族中对于乐曲的名词——“借尔”十分接近。唐书中有“突厥盐”“三台盐”，《龟兹乐》中有“疏勒盐”，《疏勒乐》中有“盐曲”等。这些乐曲名称中的“盐”，很有可能是突厥语中的“叶尔”“借尔”的汉语别译。此外，“米力斯”乐曲名及游戏活动，也是吐鲁番地区维吾尔所独有的。“米力斯”是印欧语系伊朗语族东伊朗语支中的词汇，古代塔里木盆地的不少居民所操的语言也属于这个语支。那么“米力斯”有无可能是突厥化以前的古代塔里木居民的语言遗存呢？如果真是这样，对于回鹘文化以及回鹘与西域原土著居民融合等问题的研究，都具有重要的学术意义。

可惜的是，结论未定，周吉先生溘然离世，使后学引为至憾！

（入选《新疆非遗丛书》）

草堂残梦

这里是巴蜀，一个有着三千年以上文明史的开化之地，自李冰父子建成都江堰，两千年来，成都平原永绝水旱之患，为名副其实的“天府之国”。古巴蜀文化的积淀和对中原文化的继承发展，历史上，这里成就了一代又一代的文学艺术大师，就像成都市天府广场石柱上刻着的那四个字——“文魁在蜀”。

被尊为“诗圣”的杜甫老先生，在成都住过四年。

草堂是杜甫在成都的故居。759年，时逢安史之乱，已近天命之年的杜甫由甘肃天水辗转入蜀。第二年初，靠着表弟司马遗赀和徐卿、萧实、何雍、韦班等友人帮助，在成都西郊的浣花溪畔结建草庐，“开岁始事，季春落成”。

原先的草堂，应该是很简陋的，使用中还有很多缺陷。“床头屋漏无干处，雨脚如麻未断绝。”那首《茅屋为秋风所破歌》，即是对草堂居住实情的写照。现今的“杜甫草堂”是位于大成都一二环线之间，于高楼鳞次、街巷纵横间突兀的一处清幽所在，已成为大多数来成都的游客必去的地方。

因为有“成都第二届国家非物质文化遗产节工作证”的免票便利，在工作之余，我几次造访杜甫草堂，在工部祠前石桥小坐，在柴门内盘桓。当年杜甫居住的茅屋早已不复存在了，现在的草堂，实际上是后人为纪念杜甫而建的一处优美园林。

或许是以往读过诗文的原因，先入为主的印象，觉着草堂当是一派枯黄破败的状态，不应似眼前这般林木葱郁、曲径通幽的园林景象。然而时空不能流转，重复古代的情景既无必要，也没有可能了。

于20世纪90年代建成的新“草堂”，结合现代住室布局和明清家具风格，为杜老先生安排了一个“小康之家”：有客厅、书房、主卧、小卧、厨房和储藏室，还有通透的前廊和厢亭——当代成都人以想象中的合适待遇对客居于此的诗人表达了尊重和敬意，只是与一千三百年前的实际情况，可能相去太远了！

杜甫一生颠沛流离。他祖籍湖北，生于河南。在童年和少年时代，还是大唐盛世，杜甫过得还是蛮滋润的。学诗临字，爬墙上树，“忆昔年十五心尚孩，健如黄犊走复来。庭前八月梨枣熟，一日上树能千回。”十九岁到三十四岁，他漫游吴越齐鲁晋赵各地，其间参加过两次会考，但都没有结果。是时科举方兴，知识分子除了在考场求取功名以外，还有“举荐”和“边功”两条路。比如，与杜甫同时代的岑参和高适，走的就是“边功”的路子。但作为和平主义者并习惯了中原生活的杜甫，始终下不了决心投笔从戎，加入到唐朝在西域的几次进军中去。他选择另一条路，为帝王献赋，向贵人投赠，以求能得到个一官半职。很长一段时间，他过着“朝扣富儿门，暮随肥马尘。残杯与冷炙，到处潜悲辛”的生活。

我想，杜甫之所以选择“举荐”的路子，恐怕还受了些李白的影响。

天宝三载（744年）的夏天，被逐出宫廷的李白到了东都洛阳，在这里，他见到正蹭蹬不遇的杜甫。此时的李白，风流倜傥名扬天下，而杜甫当时虽已有诗名，却还只是困在新都的一介贫寒书生。杜甫对李白的仰慕是可想而知的。这年秋天，两人再约齐聚梁宋，抒怀遣兴，借古评今。

《新唐书·杜甫传》记载：“玄宗天宝四载（745年）秋，杜甫再游齐、鲁。秋后至兖州，时李白避归东鲁。公与同游，情好益密。公赠白诗所云‘余亦东蒙客，怜君如弟兄。醉眠秋共被，携手日同行’者是也。”一年半时间，他俩三次晤面，知交之情可想而知。

李白是西域人，从吉尔吉斯斯坦（当时还是大唐领地）回归中原，当过御用诗人，见过大世面，又年长杜甫十一岁，加上谈吐夸张，举止狂浪，很容易使深受儒家思想熏染、外表拘禁而内心又不安分的杜甫崇拜迷恋。天宝四载秋别之后，李杜二人再无相会之期，道骨仙踪的太白，可能已淡忘了这段交情，而杜甫对李白，却还是深怀惦念牵挂之情的。这种情感，在他的《梦李白》二首中，就有明白的表现。当然，这又是十五年以后的事了。

杜甫到处投诗，结交权贵，与诗人兼高官高适过从甚密，与重臣哥舒翰也有来往，直至“玄宗奇之，命待制集贤院”，然而“干部问题”还是解决不了。直到755年，杜甫四十四岁时，才被授予云南河西县尉，“不拜，改右卫率府胄曹参军”。“不拜”的原因可能是官职太低，或则路途遥远，为一个小科长携家带口千里迢迢划不来。就在这一年，安史之乱爆发了。

与李白比较，杜甫的生活更务实，也更多磨难。在李白云游四方，访仙问道的时候，杜甫则在洛阳长安之间往来奔波。李白可以将身为宰相女儿的妻子扔在家中不管不问，任其病死；而杜甫即便在战乱颠沛之中，也还是先择地安排好家眷，然后到处追撵，寻找“临时中央”。756年，安禄山称大燕皇帝，玄宗弃都奔蜀。杜甫携眷来往白水，寄居舅氏崔少府高斋。六月，取道华原，赴鄜州（今陕西富县）至三川，寓故人孙宰家。闻肃宗即位灵武（今宁夏灵武），便留妻子于三川，孑身从芦子关奔行在所，途中为叛军所俘，解至长安。九月，于长安路遇宗室子弟，乞舍身为奴……杜甫的离乱生涯，血泪斑斑。

唐经安史之乱，由盛而衰，国不成国，生灵涂炭。困于长安的杜甫，家国两离，写下这首《春望》：

国破山河在，城春草木深。
感时花溅泪，恨别鸟惊心。
烽火连三月，家书抵万金。
白头搔更短，浑欲不胜簪。

大唐盛世远不是疆域的广大和经济的繁荣，还表现在博大的文化包容。唐的宫廷里，上演着西域的华章；民间勾栏瓦肆，到处可见胡姬胡乐；印度、波斯、阿拉伯以及欧洲的商人和传教士在中华大地四处游走；突厥人和高丽人指挥着锐不可当的唐军，在向葱岭的大进军中，甚至还有加盟的波斯军团……

一个极盛的王朝，顷刻间土崩瓦解，还有什么能比此更悲壮残酷的呢？当时的杜甫还不知道，自安史之乱后，吐蕃趁机北出昆仑，攻占河西，截断了中原与西域的连接，使北庭、安西两个都护府成了飞地，孤悬塞外三百年；大唐苦心经营的中亚江山，顿成断壁残垣。

现在的成都市民，对来自新疆的音乐舞蹈还感新奇陌生，而一千三百年前应当不会这样。因战乱迁于蜀中的唐庭，不是已将龟兹乐舞带至天府之国了吗？那个著名的龟兹乐师李龟年，不是也与杜甫在成都有过一会吗？

杜甫在成都的四年，日子过得淡泊。因为托人结交上了省长严武，他得到了检校工部员外郎的职位，“检校”类似今天的“调研员”一类，没有什么正事，不过是图一份口粮。国难时期，这份官职的俸禄虽少得可怜，但也来之不易。《茅屋为秋风所破歌》中所描写的情景，如果没有夸大，那么，是时杜老先生一家，过得的确十分凄惨。

山河破碎，局势动荡，民生凋敝，也严重影响了诗人的心境。杜家房上的茅草被狂风吹散，挂在树上，落到河的对岸（该不会就是现在杜甫草堂公园前的那条河吧），被一些顽童拢起，抱到竹林里去——本来，这是乡间惯常的事情，毕竟那些茅草不是孩子们从他家房上撸下来的。但杜老人家接受不了，也许盛世唐朝“夜不闭户，路不拾遗”的良好社会风范在他心底还留有清晰的印迹，对眼前的小娃儿，竟用了“欺我”“忍能”“公然”的字眼，诅咒其为“盗贼”。要知道，古时候“盗贼”这个词与现在不同，其语义要重得多，类似于今天的“抢劫杀人犯”。老先生连急带气，已乱了方寸了。或许因“安得广厦千万间，大庇天下寒士俱欢颜”这样的句子，此诗被视为名篇，而我却以为，此诗前半部分很阴暗，恰恰是杜诗中很不成功的地方。

763年，也是杜甫居成都的第四年，李白去世后一年，唐军灭杀史朝义，光复中原，祸害中华历时八年的安史之乱终见平息。时年五十二岁的杜甫闻听消息，喜极而泣。于草堂内写下这首令后人感慨万端的诗作《闻官军收河南河北》：

剑外忽传收蓟北，初闻涕泪满衣裳。
却看妻子愁何在，漫卷诗书喜欲狂。
白日放歌须纵酒，青春作伴好还乡。
即从巴峡穿巫峡，便下襄阳向洛阳。

绕过《茅屋为秋风所破歌》的诗碑，站在草堂的前廊下。透过窗棂，可以看到屋内的陈设——当时的情景，现今已无法考证，文物的作用，是可以提供联想。杜甫居于此地应是无疑的，我的脚下一两尺，就该是唐朝当年的土地。杜甫听到叛乱平息，山河光复的消息，就是在这里癫狂喜泣的。我看见一个干瘦的老人，胡须上挂着鼻涕眼泪，攥些书页纸片，正在院子里手舞足蹈……战乱已止，国家中兴，将来或许有所作为，这是多么令人激动的事！中国古代知识分子，所谓“铁肩担道义，妙笔著文章”的那一类人，向来责任沉重，以修身、齐家、治国、平天下全美道德，逐个层次地完成人格升华。他们以文立言，以德立身，拜官求仕，报效社稷，如飞蛾投火。中国传统文化的官本位意识，使李白、杜甫一代宗师生前殚精竭虑以求做官，死后还要继续受他们生前谋到的那些官位的侮辱。如杜甫的诗作，尽以“杜拾遗”“杜工部”这些官名辑著，今天看来，如同“杜科长全集”“杜主任诗选”一样，实在滑稽可笑。对于杜甫，我更愿意称他为“子美先生”，而且也最应该以《闻官军收河南河北》刻诗碑，唯有这首诗，才是杜甫于成都流连四岁的精神归宿，甚至是诗人一生颠沛流离的总括，也是杜甫草堂存在的全部意义。

与杜甫东鲁相别后的李白，继续着漂泊的人生。在李白的身上，同时存在着道骨仙风与急功济世两种矛盾的性格。他自恃“天生我材必有用”，傲视天下；他向皇帝的妹妹玉真公主投书，指望获得重用；为找个进身之阶，他为荆州大都督府长史韩朝宗献诗，“生不愿封万户侯，但愿一识韩荆州”，这样的诗句，也可以出现在李白笔下；事情稍有眉目，性情中人的李白便兴奋得不能自已——“仰天大笑出门去，我辈岂是蓬蒿人。”希望转瞬落空，李白也能写出“安能摧眉折腰事权贵，使我不得开心颜”，聊以自慰。

天宝十四载（755年），安史之乱爆发，是年五十四岁的李白避居庐山。翌年，皇太子李亨逼玄宗退位，改元至德。李亨的弟弟永王李璘趁机拥兵作乱。李白错误地判断形势，参与了皇室兄弟间的争斗，指望永王李璘登基，他能因辅佐之功而取得高位。但不久李璘的叛乱即告败北，李白陷狱，继遭流放。

这时的李白，也许真正彻悟了。在流放夜郎（今贵州桐梓县）的途中，竟然一连三夜进入杜甫的梦中。此时的杜甫，也正陷于战乱流离中。梦中醒来，杜甫诚惶诚恐，不知李白生焉死焉，遂有《梦李白》二首。此列其二：

浮云终日行，游子久不至。
三夜频梦君，情亲见君意。
告归常局促，苦道来不易。
江湖多风波，舟楫恐失坠。
出门搔白首，若负平生志。
冠盖满京华，斯人独憔悴。
孰云网恢恢，将老身反累。
千秋万岁名，寂寞身后事。

生离还是死别？诗间阴风骤起，弥漫着一片悲怆气氛。久无音讯的李白，让杜甫无限牵挂。三夜梦中所见李白，神态憔悴，搔着满头白发，每次告归辞行时，总是凄楚地诉说着路途艰辛、江湖风险、前来不易……这是一个怎样的心灵感应和体验啊！759年残秋，中国文学史上的两位巨匠，真的就在梦境中，以这种幽玄的方式，完成了他们最后的神合。

在他们身后，大幕徐徐落下，一个伟大的时代，就这样结束了。

杜甫至死也没有回到中原老家。

765年5月，五十四岁的杜甫拖家携口，经水路南下出蜀，依然是辗转流离，五年后的一个冬夜，病卒于潭岳间的一条小船上。

主人离开后，草堂便倾毁不存。朝代更迭，英雄演义，中国历史揭过了一页又一页，恰如杜诗所言：无边落木萧萧下，不尽长江滚滚来！一直到五代前蜀时，有个叫韦庄的诗人寻觅而来，在成都西郭之浣花里找到草堂遗址，重结茅屋，以志纪念。其后又经宋、元、明、清四朝，屡兴屡废——人们都是根据自己的历史想象，为诗人建屋塑像立祠。然而，每个时代有每个时代的杜甫，就像现今杜甫草堂公园内的那些画像雕塑一样，没有一个是相同的。

（原载《西域文化》2007年第5期）

大地恩情

我向以崇敬的心情面对走过的每一块地方，并固执地以为大地因外部特质所形成的自然环境，会影响着生活在期间的人们，养成或改变他们的性格。

人在改造自然的同时，自身也会改变，这已是常识。生活在低地草原、高寒山区、江河水乡和戈壁绿洲的人们，即使是同一文化传统之下的同一民族，其习俗和性格特征仍会有所不同。背井离乡的移民往往从第二代起，就逐渐消退其先民的印痕。对人的征服能力加以意识形态的过分夸大，已经被证明是靠不住和非常危险的。

大地成就了我们，使我们人类具有多姿多彩的生活场景、丰富厚重的历史文化和复杂各异的人种特征。然而对脚下的土地，我们虽须臾不能分离却又常常疏忽于纪念。我们这个星球已诞生了几十亿年，江河湖海、高原荒漠的生成自有其内在缘由，人为地破坏性改变得到的只能是自然的惩罚。数字时代的今天，面对水患旱灾、飓风海啸和地震仍然只能被动应付或干脆束手无策。未来的某个时候，我们也许有能力开发太空，而在自己的家园里，可能已找不到一杯干净的水。

亚马孙河流域和西伯利亚原始森林被誉为地球的两片肺叶。现在，巴西的原始森林正被垄断财团庞大的利润机器碾压，而被“经济全球化”排除在外的俄罗斯，还完整地保留着西伯利亚。

数年前，因工作原因在俄罗斯奔走，由莫斯科、但波尔、伏尔加格勒、埃里斯达和阿斯特拉罕，经过了伏尔加河全程。宽阔的伏尔加河凝重而无声无息地流淌着。我想这条大河永远不会泛滥或是断流，因为两岸，就是望不到尽头的平原松林——经典的俄罗斯原野。

我们来到河畔休息。俄罗斯朋友弯下笨重的身子，以四指沁水，亲吻……我想这种仪式肯定不是俄罗斯联邦政府的规定。一个公民，对自己祖国的土地和水域，当有这种敬爱之情。推而广之，也会珍爱人类共同的生存空间，感悟造物主的厚爱，承领大地的恩情。俄罗斯联邦已不能与昔日的苏联相比，但仍被世界以尊重的目光关注，为什么？仅仅因为有核武器吗？一位西方记者写道：对俄罗斯，我有一种震颤和亲近，因为很可能，那儿就是我们人类剩余部分的最后家园。

当然，我也经历了这样的事。

1996年9月，我陪同山东菏泽地区政府的三位客人去新疆精河县沙山子看荒地，他们企图与当地联合搞“农业开发”。

县里主管农牧业的领导带我们去看的所谓“荒地”，其实是一块牧场，在博尔塔拉河下游南岸，长满沙枣树、红柳、黑茨和芦苇。车无法进入，一行人顺着牲畜和野生动物趟出的小路胡乱地走着看着，随行的八一农学院的教授不时采集土样装进罐罐里，说是要化验pH值。中午时分，疲惫的我们终于走出灌木丛和芦苇滩，接近了河边。地上的草虽已开始泛黄，但仍是一派茂盛景象，视野也开阔多了。

这时，我们遇见了一个放牛的蒙古族老汉。

老汉骑着马，长长的鞭杆横搭在鞍上，黝黑的脸上挂着笑，慢慢向我们靠近过来。

“你好啊！”山东客人招呼道：“你有多少头牛啊？”

老汉朝着我笑，问说啥。

“牛！多少个？”

“啊！牛嘛！一百个。”他又指着远处的树丛：“那边四十个。”

“一百四十头牛啊！你有二三十万呀，富得很嘛！”领导称赞不已。

这片长满次生林的牧地，将被规划成发展“立体农业”的农场。已有台商在附近开出了几百亩生地，周围挖掘了又大又深的排碱渠，可怜的那一点水分被吸干了，地表植被完全枯死，在正午的阳光下，燃烧着一片灼目的焦黄色。山东客人显然有不甘人后的意思，几位登高望远，手舞足蹈，狠狠比画了一番后说：“要是从菏泽移几个乡过来，开渠打井烧砖盖房子，马上就显规模！”

蒙古族老汉一直面挂笑容，毫不警觉我们来此的用意。他的马也像主人一样老实厚道，被客人轮流骑着照相，马鞍子都歪斜在一边了，也没有一点脾气。我从和蒙古族老汉交谈中得知，这一片牧地是队上分给他和兄弟的。春天，兄弟的那块牧地被队上收回去，“卖给台湾”了。而他的这块儿，马上也要收回。现在，队上正和他谈定居的事情……

“台湾拿回来了吗？”老汉悄悄问我。我“啧！”地弹了个响舌。

牧地对于牧民来说，就像是农民的耕田，是维系生产和生活的根本。春夏时节，牧民可以赶着牛羊去山里游牧，但过冬的草料却要从牧地收割回来。失去牧地，老汉就必须在大雪之前卖掉所有的牲畜，这也意味着断绝了老汉一家今后的生计，丧失了再生产的能力。我关切地问老汉，交出牧地以后怎么过日子。老汉平静地说，在山里还有一个冬牧场，可以凑合一阵子，“这个地方嘛！”他用靴尖踢着草皮说道，“以后还是草场！”

……

之后不久我便离开单位，踏上自谋活路的人生，再也没有去过那地方，也再未与那几个山东人联系过。不知山东可有移民过来，是否已显“规模”；也不知台湾人的“立体农业全面发展”的情况——偶尔，我会想起那个蒙古族老汉，想起那张黝黑憨实的笑脸。慢慢地，从那个深刻在脑海的笑容里，我隐约察觉到一丝狡黠：他完全明白我们这些人的作为，也完全明白这种与自然抗衡的作为最终只能是徒劳。他知道沧海桑田、天道轮回，也许他看不到，但他的子孙还有在“立体农业”的废墟上、纵马游牧的那一天——要不然，他的脸上，为何始终带着那种天机不可泄露的古怪笑容呢?

他的背后，就是那条流淌了不知多少个年代的博尔塔拉河。

他是那种直接受恩于大地的人，大地给予他的，是年复一年、生生不息的承诺!

（原载1998年5月1日《亚洲中心时报》）

卡尔梅克伊戈尔和席慕蓉

5月的卡尔梅克是多雨的，从黑海和里海卷来的湿润的云朵堆砌在广阔无垠的草原上空。艾利斯达——俄罗斯联邦卡尔梅克蒙古自治共和国首府，一个景色如画的小城，在浓浓雨幕之下，秀美中透着凝重。

这种天气没有做事的心情，许多人都在朋友的聚会中消磨时光。我正是在这种场合遇见伊戈尔的。

我们用汉语交谈。这使得伊戈尔在他的朋友中又平添了一层光晕。他是法国人，父亲是巴黎一家公司驻中国台湾的商务代表。十年前，在他二十岁的时候，便去台湾读书。现在，他在法国研修蒙古史。因他的帮助，卡尔梅克国家艺术团曾去巴黎演出，这样也结交了许多卡尔梅克的文化人士，在我遇见他时，他在那儿已待了半年多了。

这天是在一位蒙古诗人家里，我们吃喝聊天，他支持中国的统一，并声称：所有被分裂的民族和国家都应该统一。

诗人插话了。我们艾利斯达很小是吗？可是我们回到这儿才有十多年。他说，战争时期，德军进入高加索，车臣和印古什投降了，他们和乌克兰一道加入了德军。“我们卡尔梅克有什么办法，我们人很少，只有中立”。卡尔梅克是一望无际的丘陵草原，无险可守，德军由此向北，包围了一百五十公里外的斯大林格勒。战争结束后，斯大林开始算账，卡尔梅克的“中立”被认为是与车臣、印古什一样的对联盟的背叛。于是，卡尔梅克蒙古人被举族迁往西伯利亚，在那儿生活了几十年。牧民们放下羊鞭，操起大锯，出没在冰天雪地、茫茫林海。连蒙古母语也被禁止了。直到戈尔巴乔夫上台后，卡尔梅克人才获准返回家园。车臣人回来不久就造反了。现在，我们的谈话不时被阵阵轰鸣声打断，那是俄罗斯的战机从城市上空路过，向南，奔三百八十公里外的南高加索。那儿的战事刚刚开始。

在艾利斯达，蒙古语正慢慢兴起。他们从新疆的博尔塔拉聘请教师。在师范学院，头发花白的教授正一词一句地学习自己的土尔扈特母语。

街上新立了一位古代蒙古战士跃马挥刀的雕塑，我没有打听这位英雄是谁。在流逝的辉煌岁月，从成吉思汗到他的几位继承者——拔都、蒙哥、忽必烈和旭烈兀，都是伟大英雄和杰出帝王，统治着世界上最强大的帝国。他们集军事才能、个人素质、管理能力和文化宽容于一身，为当时任何君主世系所不能及。

蒙古帝国时代，东西方各民族的经济文化得以充分交流。

汗与诸王的殿前，汇集着伊斯兰教与基督教各派的传教者，统治者宽容地听着他们没日没夜的辩论；中华大地上，到处行走着中西亚、阿拉伯或更远的来自威尼斯的商人、军人和手艺人；在欧洲的城市，很容易就能买到价格便宜的中国的软缎和瓷器。蒙古军队所到之处，开路架桥，分兵把守（新疆伊犁果子沟四十多公里的盘山公路和哈萨克斯坦切姆肯特往乌兹别克斯坦塔什干五十公里的“天山公路”，就为当年蒙古军队所开）。丹尼尔在《发现者》中写道：蒙古人打破了波斯和土耳其的中间盘剥，中国的商品可经过帝国辽阔的疆域进入欧洲，仅被征收很少的税赋。蒙古人有令人难以理解的轻视商业的传统。

也许是造物主的安排，蒙古在完成打开东西方通道的百年使命后，帝国迅速瓦解了。疲惫的军团（那是带着女人、孩子、牛马羊群和骆驼的部队）到处遭受其他民族的攻击。在东方，明燕王朱棣三次领兵越过长城，直追蒙古王公于乌兰巴托以北的漠野，将俘虏带回中国内地，分散安插。明律“色目人不得通婚”，受牵连的自然就有仍然在中华大地上四处“行走”的中西亚人和阿拉伯人，这些人大规模地形成了一个新的民族——回回。

曾在伏尔加河流域建立钦察汗国的蒙古一支——卡尔梅克人，越来越不堪忍受沙皇的压迫。先是被要求改宗信东正教，继而在俄土战争时，强迫每户出一骑兵，并入哥萨克军团。仅有十几万人口的卡尔梅克面临亡族之险。首领幄巴西汗派人出使东方，向中国皇帝投降，以图回到蒙古草原。使者回来说，中国已灭亡了！现在的汗是后金人。随行的清朝使者向幄巴西汗出示了皇帝的安抚文书。汗决心已定：举族东归！从冬到夏，经过半年的行军，这支屡遭围杀的疲乏民族终于到达霍尔果斯，受到清朝钦差的迎接。政府动员北疆各部民众捐献牲畜，支援疲旅。东归的卡尔梅克人恢复了两百年前的部族名号：土尔扈特，他们被安排在新疆博尔塔拉和巴音郭楞两地游牧。

这支大军出发时有十万人，百万牲畜，到达中国时，人畜死亡大半。我乘火车从俄罗斯联邦阿斯特拉罕往哈萨克斯坦的阿克纠宾斯克，途经一处地方，老地名是“卡尔梅克的坟地”。现在那儿仍只是一个小站，稀稀落落的几间房子散布在长满耐旱植物的草原上。这是一块低地，四周是平缓的丘陵——这正是哥萨克骑兵施展身手的好地方。我想象着，当疲惫不堪的东归大军（以及他们的牛羊）拥挤在这块背风的盆地里，男人们支好帐篷，等着妇人烧来奶茶。事变由妇人的尖叫开始，当她抬头捋发的那刻，突然看见四周高地上如蜂群一样的骑兵拥来……

听说每年都有卡尔梅克人来这里祭奠牺牲的先民。然而我在的那节车厢里，却不见有蒙古人。我的周围是一群车臣妇女和孩子，她们是难民，去哈萨克斯坦投亲靠友，以避战祸。列车进入哈国境内时，每到一站，总有人上车来接，亲人相见，号啕大哭，说的是听不懂的南高加索方言。

因为那一年冬季，伏尔加河久久不冻，西岸的卡尔梅克人无法渡河参加东归，而永远地留在了俄罗斯。1946年，他们还是被迫踏上一条向东的路，不是去中国，是去西伯利亚。

战争使民族聚合，分离，过去有过，现在正在发生，未来还会重演。人民，默默吞咽着流离失所的苦难。

高大健壮的桑吉（蒙古族）是巴黎一家公司的工程师，已不会蒙语。在艾利斯达，他与新婚妻子达尼娅举办宴会，告别娘家亲友。由巴黎到卡尔梅克千里迢迢，桑吉只为了娶一位本民族的姑娘做妻子。

忽然，伊戈尔说起了席慕蓉。

他说，在台湾，他与这位女诗人是好朋友。席慕蓉是蒙古贵族的后代，中日战争时期，她的祖父像张作霖那样被日本人暗杀了，因为这位王公是日本建立“蒙疆共和国”的障碍。她托伊戈尔去蒙古，为她带回一把蒙古短刀。

我以往并不知席慕蓉是蒙古人，她的印在彩色纸上的文字我也没有留心过。回国后，去酒钢办事，在嘉峪关的朋友家中，看见一本她多年前的诗集——《漂泊的湖》，未翻两页，就被这位异乡女诗人浓郁的乡愁击倒了。

女诗人说，她做梦都在呼唤着蒙古，蒙古……

席慕蓉写道：据说，在我很小的时候，是会讲蒙古话的。现在，我多想用蒙古语唱支歌啊！

蒙古，从遥远的大西洋东岸到中国的宝岛台湾，乡愁是永远的。男人为了血脉的延续，女人为了灵魂的依偎。我对席慕蓉产生了深刻的同情：一个在阴雨霏霏的热岛上思念北国风雪的人，一个在喧嚣闹市思念天高云淡的大草原的人，一个怀揣一把蒙古短刀，永远在蒙地以外的世界流浪的异乡人……

故乡的歌是一支清远的笛
总在有月亮的晚上响起
……

（原载1996年12月12日《博尔塔拉报》）

塔尔迪库尔干的妇女节

春天，姗姗来到了哈萨克斯坦的塔尔迪库尔干。

空气暖洋洋的，带着泥土的湿咸的气息。窗外中心公园的浓密的树丛，已经萌发了一层浅灰绿色。女人们已迫不及待地换上了单薄的裙装，男人们还仍然是冬天的装束：皮帽子、短大衣，看着就让人燥热。

早餐后，我在公园边上转了一会儿，看见捷尼肯诺夫·玉素甫从街对面的广场走过来，便站着等他。

“早安！”（我还不会说更亲切一点的俄语）

“早安！”

我们互致问候。感到这样太显得生分了，便抽出握着的手，拍了拍对方的肩膀。

“早上很暖和，毫无疑问，今天是个好天气。”玉素甫认真地说。

“是的。”我礼貌地附和着，但没有忘记提醒他正事，“今天阿克纠宾斯克的客人要到了吧？”

玉素甫像突然想起来似的，“啊！他们，昨晚我收到他们的电话，说要在阿拉木图过节，今天不来了。”

“过节？”

“是的，难道不值得庆祝吗？妇女节。”

我这才想起，今天是3月5日，星期五。星期六和星期天休息，星期一过节，仍然休息……噢！幸福的人们啊！想到我的堆积在口岸等待过境手续的货物，突然感到脑子有点迷糊。

却听见玉素甫说着花的什么事。

他说，鲜花很贵，厂里有四十多位女工，就每人送一支吧！等会儿就去花店买，今天下班发给女工们。

“如果在7日或者8日去买，还要贵些呢！那些可耻的小贩们……”他厌恶地从牙缝里挤出一点唾沫，却发现跟前没有垃圾桶，只好掏出火柴盒，将剩下的几根火柴杆倒在手里，吐好唾沫，小心地关好火柴盒的纸抽屉，装进西装袋里。

我知道这一天是再干不了其他的事情了，心情有些烦躁，四面地胡乱望着。玉素甫好像有点不满意我的这种对节日的态度，问道：“难道中国没有妇女节吗？”

“有啊！也是3月8日，国际劳动妇女节。”

玉素甫忽然较起真来：撒利，那不是苏联的妇女节，而是全世界的……我没有接他的话，这也丝毫不算失礼。两年多的相处，我们已建立了亲密的友情，他长我十多岁，在他面前，有时我会错认，当他是我家年过半百的大哥。

我们走在返回工厂的路上。我猛然意识到可能说错了，我并不会说俄语“国际”一词，刚才说成了“联盟”，让执拗的玉素甫为中国人民而愤不平，明明是世界的，怎么能是苏联的呢？

雪化得厉害，到处是水，湿乎乎的。一个俄罗斯小伙子喝醉了酒（一定是有太多女人的幸福需要他祝福的缘故），在我前面摇摇晃晃地走，突然一滑，重重地摔在地上。我路过时，他朝我伸出脏污的手，我没有接，只是抓着衣袖把他拉起来。他耷拉着脑袋，叉开腿对着树站着。我走出很远了，他还那样站着。

市场上人很多，但却没有什么嘈杂和喧哗，卖主只是在你注意他的商品时，才会低声给你介绍：“好东西，非常好的东西！”

穿着呢大衣，戴着皮帽子，外观上已与当地人无异，只是语言上还不顺溜，影响深度的交流。东西太贵！我有这样一个感觉，这些人好像并不是为了消费才购买，仅仅因为手中有些卢布，就要换成什么东西存起来。

有些摊位，写着“元”的牌子，表示只收人民币。市场上，还是中国货居多，当地的产品，多是些旧货。

市场上的所有人都是商贩又都是消费者，分不清界限了。我买了几个大面包抱在怀里，站在出口处等翻译小姜出来，就有几个人走过来问，“多少钱？”

卖明信片和小工艺纪念品的铁皮铺子，也卖花。售货员是位三十岁左右的俄罗斯女人。

选好了花。

一下子要买走几十枝花，售货员好像并不高兴，为中国人介绍俄式“花礼”——如果是给爱人送，一枝就够了；如果是送去朋友家，一枝或者三枝；用不着这么多，也不要送双数（那是给纪念碑送的）。小姜说，是给厂里的女工，每人一枝。请售货员用玻璃纸一枝一枝分别包好。

俄罗斯女人干活十分麻利，一会儿就包装得漂漂亮亮的。我觉着抱上这么些花走在街上太招惹，就用商店的电话叫玉素甫开车来，然后我在一边随便看着那些小工艺品，等着。交款的时候，售货员与翻译小姜低声说话，十分有趣，让我听在耳里。

“你们在这里干什么呢？”

“我们在这里办合资企业，生产服装。”

“是那个爱沙尼亚人的服装厂吗？”

“不是。”小姜介绍了一阵，俄罗斯女人点着头。

“你有丈夫吗？”

“是的，我有。”我不知道小姜为什么要这样回答。她并没有结婚，甚至好像还没有对象。

“他在哪儿？”

“在乌鲁木齐。”

“他也同你一起来了吗？”

“不，他在中国工作。”

“你有孩子吗？”

“不，没有。”

"你为什么一个人来这里工作，这是他允许的吗？"

小姜显然被问急了，谎也越撒越大。听她悄声说，那个人（指我）是我们的头儿，懂一点俄语呢，他听到了可不好。售货员朝我这边望望，神秘地点着头。全世界的女人都差不多啊！

虽然还不到节日，但厂里已笼罩着一片节日气氛。为车间里的女工买来了鲜花，作为节日礼物——这是过去在国内从未做过的事情。当然，最激动的还是从博尔塔拉和嘉峪关来的几位中国女技工。

临下班的时候，给厂里的女工每人发了一枝花，祝节日好！——入乡随俗啊！玉素甫说了一大段热情洋溢的话，有个俄罗斯女工还上台来亲了他的脸。

放假。

又是个无所事事的晴朗的日子。

中午，玉素甫来找我聊天，谈到物价与卢布贬值的问题。

他说："这很像中国的20世纪60年代，那时物价很高，甚至许多人被饿死。"我不知道他何以了解这些，看来有些事情也只是掩国人耳目而已。

"我们需要十年时间来建设哈萨克斯坦，十年后将不是这样。"他看着我，又补充说："如果有好的法律，也许用不了十年，那太漫长了！"

我觉着有必要给这个老哥哥打打气，就说："五年就会有变化。"

"那非常好，非常好！"他显得很兴奋。

“哈萨克斯坦会发行自己的货币吗？”我听到传闻，有些着急。

“不会！”他看我不能完全听懂意思，就在桌上用手指头画着说：“因为我们有许多原料要从俄罗斯进口，不使用卢布我们将付出很多税；而且，贬值这样快，即使发行新货币，结果还是是和卢布一样。”

可是，几个月后，哈萨克斯坦就发行了新货币。在哈国国有银行制定的强制兑换比例面前，我们工厂的利润大大地缩了水。玉素甫傻了，我也傻了。

玉素甫到我宿舍之前，已去了楼下中国女技工宿舍，邀请她们七日晚上在塔州宾馆大餐厅“吃饭”，欢度妇女节。这会儿，塔州水利勘察设计院的副院长啦、工会主席啦、车队队长啦、会计师啦、工程师啦一个个地都出现了。奇怪的是，他们不像国内的头头们喜欢“团拜”，而是各串各的门，各说各的祝词，都邀请了中国女同志赴节日宴会，时间和地点与玉素甫院长定的一样——七日晚上，宾馆大餐厅。

工程师尼卡拉耶坐在桌旁，神态有些疲倦。已经是下午了，我也感到有些困倦。

“我的妻子已经回俄罗斯去了。”他搓着毛茸茸的大手说。

这阵子哈萨克斯坦的俄罗斯人纷纷迁往俄罗斯联邦。农庄里的俄罗斯人返俄时，当地的哈萨克人不愿出钱买下他们留下的房子，俄罗斯人气极了，开着推土机，把院子房子都推平了，引出好多纠纷。

“你呢？不回去吗？”我问。

“我在这里出生，在这里工作，去俄罗斯，我能干什么呢？”

他问了一些中国有关婚姻和家庭的法律，我不知道说清楚了没有。当时的情况是，听俄语我能懂个大概，说起来还是困难得多。

“这里不能打女人，连自己的妻子也不行。有一次我打了我的妻子一耳光，她告了我，警察就把我带走了，我住了十五天的警察局和交了五百卢布。我离婚了。”

“什么时候呢？”

“是在1983年。”

1983年，金卢布时代啊！尼卡拉耶一巴掌付出的代价不小了。

“我的第一个妻子不好，后来的妻子还不如第一个。她太喜欢卢布了，你给她送去一箱子卢布，她认为你还有一箱子放在另一个女人那里。”

3月8日，是正正当当的妇女节，我们这里却冷冷清清，好像节日已过完了似的，没有一个人来访。这是人家的国家，人家有自己的生活啊！中午，我与几位中国女技工在宿舍里聊天，门敞开着，进来一个俄罗斯小伙子，清瘦俊气。他提着一袋书，说什么我不明白，就叫了翻译小姜来。

原来他在推销关于佛教的书。

书用俄文印制，十分精美，并配有黑白版画插图。我说不懂俄文，没有用处，不买。小伙子很诚恳，说自己是教会的联络人，如果我们信教的话，他可以提供帮助。小姜不小心失手将书掉落在地上，他吃惊地捡起来，十分谨慎地在怀中擦拭。

我出去了。后来听说小姜买了两本，二十元人民币。

下午晚些时候，我们都在一楼吃饭，那个小伙子又来了，在门口问道："你们是被我看见过的中国人吗？啊，我向妇女们祝贺节日！"

他立在门口，双手合十。

（原载《西域文化》2008年第3期）

巴尔喀什湖畔

对许多中国人来说，巴尔喀什湖这个地名并不陌生。它位于哈萨克斯坦共和国东部，面积七千平方公里。湖面自西向东呈带状，与萨克斯库里湖、阿拉库里湖及中国境内的艾比湖排列成一道半弧。湖的四周是沙漠、丘陵、沼泽和草原。尤其是湖的南岸，大大小小的沼泽湖鱼鳞般的闪着银光；丘陵地区，生长着高大的胡杨、低矮的灌木和红柳丛，而莽莽苍苍的草原则一直延伸到远方，与天边低垂的云块相接。这人迹罕至的地方，恰是野生动物的天堂。

那年3月10日，我与哈国塔尔迪库尔干州一家公司的朋友一行五人，乘吉普车前往库拉科苏“消闲”，那是巴尔喀什湖南畔的一处天然猎场。

中午时分，天气阴沉，阵阵清风夹杂着雨丝和雪粒。草原上的雪已基本化尽了，而沼泽湖面却坚冰依旧，空气中弥漫着咸咸的泥土与草梗的气息。沿阿勒苏河岸向西北方向上行，一丛丛矮灌木点缀在褐黄色的草原上，黄鸭四起，野兔狂奔，山羊机警地站在远处的高岗上……见到这样生机勃勃的莽原，心情激动难平。

哈萨克猎手开枪之前念一声“毕斯敏俩”，对着不远处水面上的一片黄鸭。枪声响过，赶紧奔去，对尚在挣扎的补上一刀。有些带伤的钻进苇丛，根本找不到，即使这样，我们也捡回了二十多只。惊飞的黄鸭群如云远去，但仍有一些在头顶盘旋，即使鸣枪也不肯离去。塔州农工贸经理阿赫诺夫说，那是遭厄运者的“情人”——我们将猎物放在后备厢，登车欲行时，我回头一望，那些盘飞的黄鸭都已落在湖面，是等是寻？实在是于心不忍！

连狐狸也不怕人。远远的，我们就看见它了。它有一身暗红色的皮毛，像道士一样蹲在一块大石头上，仿佛听雨观风。“这个哲学家”（狐狸在哈萨克谚语里常被授予这个称号），阿赫诺夫咬着牙说：“我最讨厌哲学家了！”说着把枪管从车窗缝里伸出去。我清楚地看见，在那一刻狐狸竟歪着脖子看我们，十分滑稽可爱。随着一声炸响，“哲学家”从石头上滚下来，像一堆烧尽了的炭火。

我们下车，在荆棘丛中随便行走。

虽然穿着苏联坦克兵夹克，套着高筒靴，腰系弹袋，手持五发连击猎枪，但感到自己并不算个猎人。我的枪膛里，顶着五颗手指头粗的铅弹。那不是对付小动物的，我要防备野猪和狼。

然后我们就迷失了路。吉普车忽儿爬上坡顶，忽儿钻进树林……天色暗下来，没人说话了，大家都清楚，再有半个小时找不到路，就只好露宿荒野了。正在这时，很意外地发现了一户人家。

我不知道在这荒无人烟的沼泽地带，这户人家是干什么的。一排歪歪斜斜的木栅栏，围着一栋木屋，院前的坡地上，还停着两台推土机。灯亮了，有电！

这是一对年轻的俄罗斯族夫妇，男人叫盖亚，女人叫娜达，没有孩子，也没有家具，四个房间里都有床。不过我看到有一部小电台，觉着像个草原或者湖区监测站，自己是个外国人嘛！人家不说，就不要胡问了。

司机抱来柴火，把火烧得旺旺的。那两口子许是长不见人的缘故，周身洋溢着低人一等的热情，出出进进的忙碌。不多时，野鸭已煮熟，有一点点盐和胡椒面，装在一只大铁盆里。我们拿出带来的咸鱼、牛肉、洋葱、熟鸡蛋，弄好摆上——阿赫诺夫郑重起身，邀请女主人入席（原来躲在另一房间里化妆），晚宴就这样开始了……

月亮从远处的地平线上升起来，很快就钻进云幕中。阴黧的夜空与地平线之间有一道晴朗的空间，周围景物的轮廓十分鲜明。天地苍莽，偶尔传来冰河解冻的断裂声，在寂寞中告知春的讯息。在这荒原之夜，忽然想起普希金，想起莱蒙托夫小说中描绘的那种景致和情调，也想起一千多年前在这里出生的中国诗人李白。

梦里，我看见那只火一样的狐狸在奔跑，像一道闪电，划开巴尔喀什湖南岸黝黝的荒原。

早晨，天气晴朗。在盖亚的引导下，我们找到了路，一小时左右，到达库拉科苏。

库拉科苏有几处牧民居住点，三五家一片。居民点之间相隔约一公里。牧民家都有电话，院子里放着破旧的小汽车，拖拉机和割草机之类的机械。我们去的那户人家，主人叫穆拉特。

穆拉特六十岁左右，身材矮胖，除了气喘之外，壮实得像只熊。他已退休了，打猎捕鱼是他生活中的主要内容。

穆拉特带我们去了几个沼泽湖。他在冰面上打了一排排的洞，洞口横担的木棒上系着绳头，显然，这些工作是他几天前做的，眼下要干的，就是把绳头拖起来，看看有无收获。收获当然不小！从三个沼泽湖捕到大大小小五十条鱼。在一个洞口，我们拉上来一条一米多长的红鲤鱼，好家伙！在冰面上还一蹦老高，尤里抡圆木棒，头上身上几下子，才将它制服。我们还捕到一条黑色的鱼，全身无鳞，嘴巴扁平，牙齿像尼龙刷子一样排在外面。这鱼也有近一米长，拉上来时，软软地趴在冰上。穆拉特说，这鱼快憋死了，它每隔一阵子就要到水面呼吸的。这鱼现在还小，长大了连人都敢吃。

穆拉特与阿赫诺夫低声说着什么，大家都朝我笑。我问其故，阿赫诺夫说，穆拉特刚才问他，中国人吃不吃鱼？我向穆拉特解释，中国人不仅吃鱼，而且吃的方法有几十种。

午餐吃鱼。司机阿克达勒将十几条鱼洗刮干净，剁去尾，放在水桶里煮——只放了点盐和洋葱。这真是名副其实的“清炖”。

在哈国工作长了，慢慢也习惯了那里的饮食。有时觉着，中国人在“吃”上下的功夫是不是太大了！简便西餐确有可取之处，一来食物粗加工，营养损失少；二来都是份餐，干净卫生，又不浪费。

饭后，他们抽烟聊天，我一人提着枪转悠。这里到处都是沼泽湖，翻过每道丘陵以后，必定能看到一片一平方公里左右的小湖；树丛茂密，兽吟鸟啼。在这种地方，既要寻找猎物，又要小心保持自己，要是碰上野猪或狗熊，那可不是闹着玩的。

相比之下，哈萨克人的生活与大自然要亲密得多。这种“大自然”不是我们郊游远足的那些风景，而是与其他生物在同一生物链上的那种充满危险的环境。在这儿，我听说了用一个星期时间猎捕一只熊的事情。穆拉特跟踪一只熊，在第三四天时，两次将熊击伤，一直到第七天中午，才接近那个奄奄一息的庞然大物，朝它补了一枪。他和熊一起，走了一百多公里路。这才是真正的猎人。像我们这样坐在办公室握着电话四处联系买卖的商人，作为高级动物的人的许多本能已严重退化了，好像温室里的仙人掌，让人不好接近，也难得开几回花。

点起篝火，露宿巴尔喀什南畔的沼泽湖边。月色溶溶，远处传来什么动物的嗥叫，坡下的灌木丛里，也不时地“索索”作响。放哨的穆拉特背靠车轮坐在地上，早已沉入梦乡。空气潮湿，我拉开睡袋坐起，东方，故乡的地平线上，已现出一道微明的晨曦……

（原载1995年12月14日《阿拉山口信息报》）

塔什干随笔

对于塔什干，早些时候，我只是听到人们对她的一些描述，知道TASHIKENT是乌兹别克语“石头城”的意思，还知道她在三千年前就已经存在，而且是有一千年兴旺历史的中亚名城。

早晨八点，我们从哈萨克斯坦共和国“南方的州”切姆肯特市出发，一路向南。曾一直伴我们西行的天山山脉在这里神秘地消失了，化作起伏不大的丘陵。这里就是天山山脉的源头。六百多年以前，蒙古旋风就从这里刮过，一扫中亚草原上大大小小的部落，向南直取波斯。偶尔还能辨出的掩映在林木间的一条土路，让人联想起当年的金戈铁马。

一个小时后，我们抵达边境。边境线穿越一个小城镇，国门就在街当中。高大厚重的大理石门拱上，南北两面，各镶嵌着乌哈两国国徽。

国门向里几十公里，就是塔什干城郊。世界上怕再也找不到离边境这样近的首都了。远远的，就能望见那高耸云端的电视塔，下降的民航客机正从塔的腰身款款划过。轿车将时速一百五十公里骤然降至六十公里，我们在数不清的交通标志牌的指引下，在大大小小的立交桥和环形路上盘桓——塔什干，我向你走近了！

已是深秋十月，而塔什干盛夏的余威犹在，阳光炙热，梧桐树的高大树冠闪着亮晶晶的白光。塔什干树多，园林多，浓荫遮天蔽日。深荫下，通常就是小吃摊、小零售店，或者干脆就有个大农贸市场。西瓜、甜瓜、南瓜和洋葱堆成小山，待装的重型卡车排列成行，他们来自哈萨克斯坦、土库曼斯坦、新西伯利亚或更远的高加索。

在哈萨克斯坦工作三年，已习惯冷清，一下子置身于这样的喧闹城市中，仿佛来到了博乐的北京路、伊宁的汉人街或乌鲁木齐的大小十字、二道桥。在各地铁站的出口，都簇拥着卖零食、小百货、烤肉、薄皮包子、炒面、肉汤和馕，这些在家乡吃惯的食物，这里应有尽有。乌兹别克语与维吾尔语很相近，只是听来发音更重、更浑厚些。我们打听“郎面”（拉条子）的卖处，一个上唇刚长出些绒毛的男孩说，郎面有什么好吃，吃纱布沙吧！说着从筐里拿起个烤包子，一掰两半，一半喂进自己嘴里，另一半直往人鼻子下面塞。陪我同来的哈萨克客户恼了，“嗯”了一声，这才罢手。

买什么都可以尝，从水果到肉汤，甚至馕，你都可以掰一块尝尝，买不买自便。但谁又好意思不顾及卖主的诚意呢？

8月底，在阿拉木图举办的“亚洲之声”音乐艺术节上，乌兹别克斯坦的一首《奥钦奴里》夺得大奖。这支歌节奏轻快，但咏唱凄婉跌宕。这是一首情歌，“钦奴里”是个姑娘的名字，不一定是谁，像中国的“兰花花”一样。电视上，身着鲜艳的民族服装的乌兹别克少女在全白色背景的衬托下旋转起舞。但我体会，这支歌来自民间，曲调是乌兹别克的，歌词（尤其是伴音的喝彩）使用了一些俄语，清亮的口哨和男声的咏叹，是相遇爱情的渴望，是流逝青春的追忆，走在塔什干的街头，就像走进这支歌里。

由于商业传统深厚，由于农业的稳固，使乌兹别克斯坦在脱离联盟重获独立之后，没有遇到巨大的经济动荡。在哈萨克斯坦，我听到很多关于乌兹别克人的笑话。有一则说，乌兹别克人想把空气卖给鱼，鱼吓得钻进水里，不敢见他们。听来有些酸味儿，但乌兹别克人的善商却是公认的。在瓜摊买瓜，付六个索姆（一美元合计二十五索姆）就可在瓜堆上随便抱一个，不过秤，也没有秤。这种贸易形式看起来原始，但卖主并不吃亏。旺季时，你随便挑（瓜堆不小，每日都有瓜从农场源源不断运来）；淡季时，也不涨价，但都是挑剩了的，而顾客仍能以买到一堆瓜中最好的瓜而自喜，直到剩下最后两个，还有个比较。瓜农呢？在地里数着瓜的个数就能算出今年的收入。生产者、批零商、消费者都皆大欢喜。

在阿拉木图看电视新闻，一位记者采访一个摊主时说：你是教师，多么崇高的职业，却不为国家工作，在这里卖东西，你不难过吗，你不羞耻吗？——果然，那位摊主被问得低下头去。

而在乌孜别克，在塔什干，就没有人问这样的问题。一切仿佛都没有发生，好像一下子回到了从前。

乌兹别克人是深不可测的，经商是他们的传统，智慧就驻在乌兹别克人黑色的瞳孔里。他们准时给你打电话，准时等在约好见面的地方。他们不喝酒，也很少抽烟，当你出的价格高或低得离奇时，他们摊开双手平静地说："这是安拉所不喜欢的。"不像俄罗斯人狂怒地离开桌子，也不像哈萨克人用忧郁疑虑的眼神久久地盯视着你。而乌兹别克人，在你面前摆一张被塔什干的太阳晒黑的脸，不动声色。

如果说哈萨克斯坦原有的基础是工业和牧业的话，乌兹别克斯坦则只有农业。确切地说，棉花是这个国家的经济命脉。过去，乌兹别克斯坦因其生产的优质棉花对联盟的贡献，苏联政府特别授予该加盟共和国一枚列宁勋章。一九七五年的阿施巴罗德大地震，将塔什干几乎抹平。灾后，苏联政府号召各加盟共和国全力援建这座劫后余生的古城。得益于乌兹别克斯坦棉花的联盟各国承担起责任，每国"承包"一条主要大街，建成后，以其共和国名称命名。现在塔什干的报刊亭里，还出售过去印制的城市交通图，你不难发现"爱沙尼亚街"或"乌克兰社会主义加盟共和国大道"这样的街名。现在，古城的痕迹很难见到了，只有那些合抱的老树，还在向人们诉说着豪迈和伤感的往事。

塔什干街头，到处可见的不是列宁，而是纳瓦依的塑像。在乌兹别克人的心目中，纳瓦依是神圣的。他对乌兹别克的文化和社会生活的影响，似乎与中国的孔子相似。五百多年来，他的诗篇和文章被译成德、英、法、俄、日、阿拉伯等文字传向世界各地，在新疆，也有维吾尔、哈萨克文本。有关学者认为，研究中亚伊斯兰世俗文化的形成和发展，当从纳瓦依开始。

当我问起这位伟大学者生卒年月时，博物馆的小姑娘先用乌语，后用俄语告诉我，但我都未听懂。她急得抓过我的手，在手心上画上了1441—1501的印痕。

领导乌兹别克人民赶走蒙古汗，最后建立乌兹别克汗国的是英雄阿木尔·铁木耳。

1346年，阿木尔·铁木耳出生于一个叫作夏黑里萨布斯的小城。三十年以后，他率领军队从那里出发，去攻击撒马尔罕城，成吉思汗的孙子脱合达木汗就住在那儿。蒙古北撤后，铁木耳收复散布在丘陵和草原上的大大小小的城邦，于1395年，正式建立国家。

铁木耳的时代是金戈铁马的时代，为巩固国土，他与波斯、土耳其都进行过战争。“瘸子铁木耳”的残暴和野心让中亚、西亚闻风丧胆。1405年，他行军至沃拉特（今哈萨克斯坦境内），病逝军中——那是一次计划对“中国”的远征。

夏黑里萨布斯距塔什干三百八十公里，距撒马尔罕八十公里，三面环山，古迹颇多，其中最著名的就是阿克萨莱堡。在城堡的旁边，还有一座古老的清真寺。

我与翻译穆赫塔（哈萨克族）前去礼拜。没想到大殿里搭满了脚手架，还有几个画工正在描摹那些斑驳陆离的几何图案。迎面走来一位银须飘飘的毛拉，我们郑重的手抚胸口，道色俩目。老人家听说是中国来的穆斯林，异常高兴，带我俩到偏房，礼了两番庆贺拜，然后喝茶说话。老人说，这个寺已有五百多年历史了，革命时期，这里被白军当作马圈；红军胜利后，改作仓库，一直到乌兹别克重获独立——老人抬起双手，做了一个长长的都哇，“安拉乎艾克拜勒，安拉乎艾克拜勒！”抹脸过后，笑了，满面都是恬淡和满足。

老人带我们走近阿克萨莱堡。慢慢转着，讲解着……

阿克萨莱堡是国王办公阅兵之所。古堡分地上地下两部分，现存遗址的地面部分高三十七米，有两个巨大的城堡连接成一个拱门，有些像凯旋门的样式，虽经时光磨砺，仍气势不凡。夕阳下，无数的鸽鸦飞起落下，噪声一片；地宫入口已被封死，据说日本专家要来研究，即将开掘。老人说，古堡是铁木耳的夫人比比汗修建的，铁木耳逝世后，比比汗摄政，继续统治着乌兹别克汗国。老人最后说，比比汗是中国的“可孜”——一位中国国王的女儿。

我不禁肃然，重新凝视这座巍巍耸立在晚霞中的“门”形建筑。我不知道，这位优秀的女摄政王，是中国的哪一位“可汗”的女儿。有心的读者不妨翻翻史料，1395年前后，有哪位中国女子远嫁中亚。

在隆重地纪念了建国六百周年以后，乌兹别克斯坦加紧了修缮古迹，几乎所有的古建筑都搭着脚手架；在城市里，公共建筑物和街道的醒目位置都挂着国旗或以国旗的三色为基本图案的广告牌——“塔什干像鲜花一样盛开”。《丝绸之路》杂志社的编辑沙里向我解释了国旗的意义：蓝色是铁木耳军旗的颜色，象征传统；白色象征居住在乌兹别克斯坦的各民族的自由与平等；绿色象征国土；新月图案和十二颗星则象征主体民族的信仰和这个国家美丽富庶盛产棉花的十二个州……

棉花图案在国徽上，在街道的铁栅栏上，在姑娘们的头饰上，化作弥虹，在塔什干的夜空闪烁……

塔什干的大街是清洁宽敞的。街道中间，是有轨电车道；地下，三条相交的地铁干线每日二十小时营运，城市交通方便到连出租车都鲜见的地步。大街上，又独自散步的德国人，有肩扛手提、成群结队的印度人，巴基斯坦人，也有看上去总有些神秘的伊朗人，也有三五一伙、嘻嘻哈哈的中国人，而嚼着口香糖、大步流星的定是土耳其人，那细目白脸的不是韩国人就是日本人……

塔什干正像鲜花一样盛开。她是友好和开放的，与其说是都市，不如说是人类良好生活环境的无限延伸，是城市中的花园，是花园中的城市；林荫大道、花园、喷泉、雕塑、纪念碑以及那虎踞龙盘的巨大的公共建筑，就是塔什干……

（原载1997年11月3日《博尔塔拉报》）

头上站着小鸟的人

一

案头放着《阿拉伯—伊斯兰文化史·近午时期》，读了三遍。

以往从未听阿訇说起过，也没有看见译成汉文的教义或典籍提到过他们——在伊历一百年，也就是公元八九世纪之间，在阿拉伯世界，有这么样的一群人。

接连几天，我手不释卷，他顾无暇。自然论者、“圣训”学家和教法学派、理性分析、希腊的学床、自由意志……我思索着这些词句。书中说，“对于广阅博识、思想深邃的学者，则应当是其本人的理智对其本人而非对群众的启示”。话虽有些拧脑子，但还不是完全不能领会。我不想做学者，也无那个能够。之所以用思考来折磨自己，只是想模仿和体会一下，到底有什么乐趣，让那些在思想中浮沉的人孜孜不倦。

以为我们的信仰世界原来就是如此，以为我们的宿命就是在“顿亚”受苦。却不知道，在伊斯兰的信仰体系里，还有个人意志的自由。

而一千三百年前的他们却早已谈到了，只是我们不知。

二

洗罢征尘，阿拉伯战士站在波斯的宫殿和自己的帐篷之间，不知今晚住在哪里才合适。短短三十年，他们战胜了波斯和罗马两个帝国。埃及人、美索不达米亚人和波斯人，自恃有古老文明而经常轻视沙漠中的阿拉伯人，如今他们低眉顺目，用刚刚学会的礼仪前来问安。疲惫的战士淌着眼泪跪在粗毛毡上，一遍遍地赞颂真主，缅怀先知的光荣；但阴谋家却悄悄溜进宫殿，把锦被绣褥垫在自己的身下。

刀剑不会说话，何况已经入鞘。

有人不服。是看过亚历山大馆藏典籍的人，和摩尼教义同眠共枕的人，自认是“上帝选民”的犹太人，还有“已被上帝之子耶稣救赎”了的基督徒……他们不解、谨慎地询问，看着没有多少反应，接着就是质问：

“伊斯兰到底是什么？”

再传圣门弟子和教义学者凭着朴素的信仰，从《古兰经》和“圣训”中引章据典，可谓苦口婆心。但封不住擅长诡辩、逻辑严密的柏拉图和苏格拉底门生的悬河之口，也浇不灭“有经人”的骄傲之火。因为你所使用的证据，恰好就是人家怀疑和不信的。

这时，他们历史地出现了。他们是一群穆斯林学者，被人称作“穆阿台吉勒”。

他们仿佛一夜之间学会了当时代的所有本事。你看，立论有论点论据，论证时讲究大小前提和三段演绎，亚里士多德的本质和运动，被他们拿来融化在教义里；还有毕达哥拉斯的肠肠肚肚，都被抖开摊在案上……说天文吗？有阿拉伯版的“日心说”；说方物吗？有《动物志》成书在手；说化学吗？可以告诉你许多种矿物的熔点；还要说数学吗？——对手无言。

没有人比他们更擅长于辞令、能言善辩了。教义学家们松了口气，在树荫下喝着茶，微笑着赞许他们。他们是伊斯兰的另一支剑，是巴格达的一道光。他们很快分布到各个地方，继续着观察和学习，宣传自己的见解，寻找辩论的对手。他们是阿拉伯的新人类，不留胡须，只穿短衫；他们写作诗文，演算数学，采集植物标本，观察动物的思维和反应，在烟熏火燎的实验室，认真地记录实验物的颜色、气味……他们的对手目瞪口呆：这活脱脱就是托勒密们再生啊！低层的民众交头接耳：穆阿台吉勒的人不怕鬼。当时的哈里发这样评价他们：这类学者行为稳重，仪表端庄，举止若定，就像头顶上站着一只小鸟！

三

这些“头顶上站着小鸟”的学者们，正在自己的思想领域向深度和广度进军。

他们首先是宗教学者，其次才是文学家、哲学家和其他学科的研究者，所以，他们的知识由信仰出发，还要回到信仰中。然而随着研究的成果不断地出台，他们也将自己摆在了尴尬的位置上。

他们将信仰分了三个层次：感性的、从俗的和理智的。在穆阿台吉勒学者看来，一般的穆斯林大众只能以情感方式在信仰中满足，圣训学家和教义学家往往追随大众的信仰感情（从俗），只有类似他们那样的学者才会有理智的信仰。

如何理智？穆派提出了“人的意志自由”论，认为事物本身存在善恶美丑两个相反属性，人有选择的自由。人不能将弊害的结果归于真主，这是“真主的公正性”原则。还有，“穆斯林犯大罪者介于信仰者和卡费尔之间”的原则（传统派认为，穆斯林犯大罪者是犯大罪的穆斯林，不是卡费尔），根据这个原则，穆派认为，在天堂和火狱之间，还有一个中间去处，来安顿那些既不是穆斯林也不是卡费尔的人。

他们只认《古兰经》，不注意“圣训”，认为托伪太多。他们还猛烈批评圣门弟子的“党争”，直接指出圣门弟子的过失以反驳各派弟子拥戴者们的溢美之词。这使得穆派把自己放在了所有教义学派的对面。

矛盾的激化是穆派奉行的第一原则——“真主独一原则”。真主无始自有，其他万有都是被造的。《古兰经》是被造的吗？你们要回答！

阿拔斯王朝的前几任哈里发并没有干预各派学者们的唇枪舌剑，穆派起初也无意“参与朝政”，他们是以思考为乐事的一群。著有《动物志》的查希兹还特别提醒同伴要避开朝野是非，专事学术。到了哈里发麦蒙时代，情况变了。

哈里发麦蒙是个好学的人。他学习古希腊的哲学和罗马的行政，对异邦的文化抱有浓厚的兴趣。他是以书册之重付等量黄金报酬的人，开“百年翻译运动”先河……如此种种，他对穆阿台吉勒学者心怀好感是自然的，也有立穆阿台吉勒为“国派”的念头。几番示意，穆派学者终于坐不住了，他们接受了邀请，来到宫廷，完成了“在野党”到“执政党”的飞跃。

学者掌握了权力图的不是金银财宝，而是要解决全民的认识问题。题目是现成的：《古兰经》是被造的吗？从伊朗到埃及，从亚美尼亚到也门，管你是苏丹、法官还是学者，这个问题就是考察干部的唯一指标。无数人接受了拷问，数以万计的教义学者和伊玛目受到纠缠折磨；含糊不明的投进监狱，坚决否认的被送上刑场，国家机器参与学术问题，还能有什么好方式呢？穆阿台吉勒走到这一步，已跨出宗教，也偏离了哲学，陷入了他们起初极力避免的权力中。写到此处，我忽然想起毛泽东来，他的“《红楼梦》里有阶级斗争，县级以上干部都要读一读”和“《水浒传》要交给全民讨论”的论断，真是异曲同工啊！

艾哈迈德·艾敏写道：穆阿台吉勒是想让全体穆斯林都变成哲学家。真主没有造化一个人人都是哲学家的民族，如果有，对这个民族不知会不会是好事。

受到迫害的圣训学者和教义学派终于等到了麦蒙之后的第三位哈里发当政——穆阿台吉勒开始倒霉了！

他们从此消失。

一千多年来，伊斯兰世界再也听不见他们的声音。

四

中午又去了寺里。

拜后下殿，站在台阶上，望雪花落在空了的院子里，无语。

“安色俩目尔来库目！”抬头看去，见阿訇立在二楼廊下，微笑，像在等我，“来喝个茶吗？”他叫我。

室内很雅气。外间是学习室，长条桌铺着藏兰丝绒布，整齐摆些厚大经书。让到里间，二师傅也在，拿手道色兰，落座喝茶，说些方方面面。

茶过三碗，我问：“打听个‘穆阿台吉勒’，知道吗？”阿訇听罢，笑容收敛，沉默了一会儿，道：“有呢！大经上有呢！‘穆阿台子垒’啊！”

阿訇用纯正的阿语说了他们的正名，有种遥远的沧桑蒙在上面。阿訇说，在大经（教义）里，很多地方都提到过。他们都是辩论家，对付异教徒，他们有一套办法，但对教门里的事，太粗太乱，大伊玛目是批判他们的。“他们成事的时候，把好多遵行都取掉了。”

阿訇还讲了“大经”上对他们在文学、哲学和科学上的记载。“确实记载着吗？”我问。阿訇去外间搬来个抽屉一样的厚书来，翻找着，“你看，这不是吗？”他给我指着、念着。我像个庄稼人一样凑在满纸的阿文前，听着，不住地点着头。“那么，经上怎么评价他们呢？他们是卡菲尔吗？”

“嗯——？”阿訇偏过头来，一脸正色，“他们是穆斯林，也是贤人啊！”

真主啊！

虽然穆阿台吉勒当权时曾过分地迫害过“圣训”学者和教义派，后者翻过身来，当时也没有轻饶过穆派人。但在传世的典籍中，还是给穆派学者们一个公道的评价。他们是穆斯林，是我们的先贤。

但我仍有一种惋惜！

就像艾哈迈德·艾敏在“近午时期”里说的那样：我们可以把穆阿台吉勒看作是自由党，把圣训派看作是保守党。自由党高举火炬，率领人民向既定的目标前进；保守党紧随其后，不断约束人民的行为，匡正前进的方向。那么，伊斯兰世界，不会是像今天这个样子。

而事实是穆阿台吉勒在“保守党”复辟后一蹶不振销声匿迹，“保守党”一家独大，一千二百多年稳稳地控制着伊斯兰世界，直到今天。

巴格达的那道光啊！

那天下午，我和阿訇喝着茶，聊着科学和教门。窗外雪下得正紧，一时时空流转，仿佛是在千年以前……

巴格达的来客

那段时间恰好遇到难得的闲暇，无事可做，便胡乱翻看压在书柜底层的陈年笔记，看到这样一段：

2000年1月8日 小雪

巴格达来客人了。在晚间的电视新闻里，看到伊拉克副总统阿齐兹来华的报道，虽然没有看明白为何事而来，但见到阿齐兹副总统与胡锦涛副主席笑着并排站在一起时，眼睛突然湿润了。

巴格达，巴格达，《天方夜谭》的故乡，伊斯兰文明的滥觞，千年文化古都，曾经的精神家园……

读来恍若隔世。

找到一年前买的法国纪录片《古代文明》，打开影碟机，放进《两河流域》那张光盘，悠扬的鼓乐声即刻在室内回荡。也许是生活在西域的原因，更有可能是因为祖先基因的沉淀，我对打击、吹奏和弹拨出来的音响一向沉醉神往。每每听时，闭起眼睛，脑海里总是幻化出浩瀚的沙漠、起伏的草原丘陵、一望无际的油菜地和麦田，或是土城内喧闹的街市、渠边一行正在饮水的疲惫驼队……

乐声依旧，而时事不再。

我的眼前出现的是一个哭泣的女孩，背景是占满大半个画面的乌黑的狼烟。这张照片是在网上见到的，那个抱着一卷毯子、站在被坦克碾成污泥的大路上的凄惶小女孩，和我的女儿很相像。在以后的日子里，伊拉克就是这个小女孩，在视野中再也抹不去了。

远古的两河文明，被伊斯兰文明所取代，后者更为璀璨绚丽。可惜，西方人不愿意承认这一点，或者只是心里明白而嘴上不说。影片的结尾，那些由电脑生成的几可乱真的纷繁城市、那些衣食无虞整日在街道和房顶上饮酒作乐的人群，还有泛着落日余晖的宽广河流、沼泽湿地，慢慢地被吸进沙漠里，杳无踪迹。在他们眼里，两河文明的消失就是这样的一个过程，它已经结束了。

但巴格达却存在，他留了下来。中世纪的欧洲在黑暗浓云笼罩之下，波斯湾却是一片蔚蓝。

可现在却不能用一片蔚蓝去想象波斯湾了，是哪里出了问题呢?

虽然我很讨厌目光阴冷、一脸狞笑的布什，那场战争，从一开始就充溢着失控的愤怒、家族复仇和垄断利益的阴谋，但战争，毕竟还是在萨达姆销毁了最后一枚导弹之后爆发了。那些日子，整夜地守在电视机旁，看着衣冠楚楚的学者专家们宽慰人心的战况分析，渴望形势会有一点点转机，渴望着奇迹在某个时刻突然显现。然而，自始至终，我们都没有看到一场像样的战斗，几十万军队就像被吸进沙漠里一样，一夜之间不见了踪影。继而是坦克开进巴格达街头，继而是大绳套在铜像的脖子上——哈哈！忽然间我大笑出声。

乐极生悲，而悲极何尝不会生乐？一个多月来的揪心扯肺、牵肠挂肚，终于有了了断，得了结果，岂不快哉？忽然如醍醐灌顶，大彻大悟了。

尽管杀害数万国民有这样和那样的借口，尽管与穆斯林邻国恶战八年有这样那样的理由，这些都是属于我们人类的是非，可以口含唾沫、反复纠缠。唯有一点是清楚的，真主不会援助一个铸造出两万个大小铜像、并且让国民崇拜的人。这难道不是显迹吗？一个刚刚被“百分之百”的国民拥戴的君王，须臾之间成了仓皇四顾的逃犯，最后被人从地窖里提出来——原谅我的言辞，同胞们，但我不能不说，萨达姆正是被真主遗弃的那个人！

可能有人会同意我的这种观点，只是不能接受为什么是美国、这个犹太复国主义的保护者来做这件事。中国有句古话：恶人自有恶人磨。对恶势力的打击和摧残，可能往往来自另一支更邪恶的力量，这种例子，活生生地出现在人类历史的各个时期。

我私下揣度，萨达姆最后一定是一个忏悔者。从互联网上形形色色的各路消息综合来看，从他走进美国人的监狱以后，就再也没有离开《古兰经》。当上诉法庭维持死刑判决后，他拒绝了美国医生给他开的镇静剂。他这样说：“真主已给我了足够的信仰度过这一刻，我不需要镇静剂。我将怀着一颗勇敢的心和干净的双手去见真主。”他的最终被绞死以及死前死后的惨状昭示着——一个人，他的罪行已在这个世界上被清洗了，在洗刷萨达姆罪行的过程中，或许又有另一些人犯了罪。人们啊，应当警惕！在承领真主的意欲获得惩治罪恶的权力时，不要矫枉过正，而成为新的罪人。

伊拉克人或是整个阿拉伯人的噩梦远没有结束，甚至还看不见一点点结束的征兆。这个噩梦是从阿拔斯王朝后期的酒池肉林开始的。真主在将正信交给人类以后，维护信仰就成了受信者自己的事。是人们自己将一个伟大的、人道的信仰一点一点变成现在这个样子的，多少人成了精神奴隶，多少人受困于繁琐的表面样式，失去了心灵自由？在巴格达被蒙古铁骑践踏之后，伊斯兰世界迎来了自己的中世纪，至今仍处在其中。

在寻求民族解放复兴的艰难事业中，阿拉伯民族为世界贡献了三个出色的儿子：纳赛尔、阿拉法特和萨达姆。百年来，伊斯兰世界出现了新的世袭王国，出现了阿拉伯共产党的北也门，出现了宣称“不要东方，也不要西方，只要伊斯兰社会主义”的纳赛尔和他的阿拉伯联盟，出现了卡扎菲的利比亚和阿拉伯复兴社会党的伊拉克。建立统一的阿拉伯国家一直是阿拉伯政治精英的夙愿，几十年来，或是纳赛尔的依附苏联，或是萨达姆的靠拢美国，然彼此心知肚明，殊途同归。埃及与以色列媾和后，复兴党的中心转移到了伊拉克，萨达姆逐步成为阿拉伯民族复兴运动的领袖。他是一个社会主义者，不是虔诚的信徒，起码在第一次海湾战争前是这样。可以说，他是以政治独裁和权谋之术统治社会并骑墙于大国及各种国际势力之间，其中没有伊斯兰的影子，与拉美军警当局和其他一些奉行主义的专制国家没有什么两样，他的个人崇拜与伊斯兰正信更是水火不容。

美国及其背后的犹太复国主义者只是利用他反对伊朗伊斯兰共和国。当萨达姆开始想干一点自己的事、向民族统一迈出仅仅的一小步时，头顶上立刻就笼罩了乌云。萨达姆的个人悲剧，何尝不是阿拉伯民族的悲剧?

处决萨达姆对于布什和伊拉克现政府来说，出口恶气的低级情绪大于理智。在这一幕中，萨达姆独占了道德舞台。死前，他号召伊拉克人实现民族和解；在离开美军监狱时，他和监护士兵话别，感谢他们的照顾，就连美军将领也不得不承认，萨达姆很有尊严。绞刑台上，萨达姆表现得很有些正气凛然、视死如归的气派；而行刑者们头蒙黑罩，活脱脱像一群“恐怖分子”。他们对萨达姆的凌辱，使整个过程变成了血腥野蛮的私刑。

书写萨达姆判决书的不是阿拉伯文，而是楔形文字。三千多年前镌刻在汉谟拉比石柱上的“以眼还眼，以牙还牙”的法典条文，在今天的两河流域依然适用。四大哈里发之后，伊斯兰世界丢弃了公议和民主原则，阿拉伯社会由先知穆罕默德创立的穆斯林公社制及共和制褪变成没有皇帝的帝国。

可惜的是，在当今穆斯林中间，还有不少人将科学和民主作为异教徒的东西加以排斥，殊不知，人类全体及世间万物都是真主的造化，真主广博宽厚的仁慈显迹于世间万象，如雨露之于衰草、糠皮之于蚂蚁，绝不仅仅限于某一类人群或团体中。那些仍然抱着陈规陋习，拒绝学习、接受新的政治文明和社会文明，并以特殊的受优待者自居的人们应该警惕了！你们要小心谨慎，不要变成自喻为“上帝的选民”的那一类人。事实上，他们恰恰是受到真主谴怒的一伙。

如今的伊拉克，已然陷入内战之中。沙特警告，一旦美军撤出，沙特将向伊拉克的逊尼派提供财政和军事支援；约旦也表示考虑派兵深入伊拉克境内阻截逊尼派难民，目前约旦首都已经有近百万的伊拉克难民，约旦担心其国土会成为逊尼派抵抗什叶派的反叛中心，什叶派会派人潜入进行政治暗杀或恐怖袭击，弄得国家大乱。土耳其、叙利亚、伊朗也都各怀心思，严阵以待。伊拉克似乎就要成为中东的巴尔干……

不愿再看、再听、再想下去。

真主对穆斯林及世人的考验就在眼前。《古兰经》有云：“你们把自己的脸转向东方和西方，都不是正义。正义是信真主，信末日，信天神，信天经，信先知，并将所爱的财产施济亲戚、孤儿、贫民、旅客、乞丐和赎取奴隶，并谨守拜功，完纳天课，履行约言，忍受穷困、患难和战争。这等人，确是忠贞的；这等人，确是敬畏的。”（第二章，马坚译，1996年版）

西窗随笔

以日记的方式记录斋月的生活体验，在我的印象里，发端于桥网的可悦儿，成熟于中穆网的HAIMO，当下已成穆斯林网络文学的时尚，成了“显体”。这会儿，中穆原创上就有十几位贴在那里。虽然以往也曾在斋月里写过一点文章，但连缀每日的却没有。一是时间不许，二来觉着日子过得鸡毛蒜皮，可以笔墨伺候的不多。

然而总要在这个尊贵月份里做些什么，才不枉费了真主赐悯的禀赋。不能称日记，当个随笔写写，算作在每日开斋后的闲暇自由里，除过读经，另做的一件事吧。

11日晚二哥打来电话，询问封斋的准确日子。我说乌鲁木齐这边多是13日封斋，我也查了伊斯兰历，13日以后的数字都被一圈绿色围着，以示斋戒之日，看来13日该是合适的。二哥说，家里这边都是12日封斋，咋办？我说，从众吧！一方水土一方人，活成个另类不好。二哥说，也不知道他们咋搞的，去年就比公家的日子早了一天，结果尔德前面空了一天，也没有封，也没有开，弄得乱麻咕咚的……

家乡兴起的这块教门，是门宦内的，很固执倔强，宗教生活中的时令，是尊着老人家口唤的。口唤从三千公里外的甘肃或宁夏某处传到阿拉套山脚下，当然用的是电话。

13日早上上班，遇见部门的一个维吾尔同事，神色与平日不同。例会结束后悄悄问我："封斋了吗？"

我嗯了一声。他咧了下嘴，像是笑了一下。去年斋月，我们还不熟悉，每天下午时，见他总是脸色白白地，人走路也摇晃着。我问他饮食的情况，他说早上的斋饭吃的是清炖羊肉，所以一天干渴。

课题组每天中午都在果园饭馆吃饭，饭馆后院是一片果园子，无人打理，海棠果和杏子落得满地都是。饭馆主人是维吾尔，在果园子里养着两只鸡和两只兔子。吃饭时，它们都来到桌子下面不吵不闹地等着。伙食不错，烤肉、包子、抓饭、酸奶子、几盘热菜和一盆劲道的拉面。我有时也摇一些果子下来，洗净盛在盘子里，等开饭的时候大家吃上一些。这些没有嫁接过的果实个头不大，有股青涩的味儿，我很喜欢。维吾尔人的饭馆子等饭的时间很长，点过饭菜之后，好像伙计才去生火一样。饭端上来，要头生蒜，伙计答应了，但站着不走。问时，说给借一块钱，去买两头蒜，等会儿算账时扣掉……

这种悠哉的生活要终止一段时间了。

中午组长过来喊我一同吃饭，我说不去了。组长看了我一笑，“封上啦？”

组长是维吾尔音乐学者，汉人。

离单位不远就是清真寺，寺里的阿訇是个老人，说话不清，从教门的发展而言，老阿訇自己应该有个自觉性，差不多时，该让了！14日是斋月的头一个主麻，人不少。老阿訇为寺前摊位出租的事可能与理事会意见不一致，就把这事当“卧尔兹”讲着，翻来倒去，缕缕乎乎。看着礼拜的时间过了好一阵子了，还没有停的意思，下面有人焦急，就喊，阿訇，对了吧，念呼图白吧，时候过了！老人家生气了，“啥时候过了？阿訇知道嘛，你们知道？”不过训斥过后，倒也没有耽误，说了几句零碎话，就转身起立。一时间，大殿内外，索索嗡嗡地，人们都起身站班了。

举意时，有“跟随伊玛目”一句，我没有说，心里换成了“跟随众位穆斯林兄弟”，真主啊，准承我的拜功吗？

“阿訇知道吗，你们知道？”

这句话一直在心里浮着，挥之不去。

如果在若干年前，听到这句话，“瞎汉”就傻了。而今，竟能在心底一笑，看来“你们”还的确知道些阿訇不知道的。

晚上自己开的斋。

一杯茶，一盘洗净的葡萄，半块馕。

望着西窗外渐起的红霞，心中默默感赞着，一枚葡萄放入口中，静候一天的肠胃欢呼蠕动，竟然出汗了。

沙目后，靠在窗前读书，是HAIMO兄送我的张承志的散文集《谁是胜者》，在《序跋题墨》一篇中，读到这样一句：

莫奢谈迪尼，且参悟色俩目

勿繁琐毫孔，细端详艾利夫

是的，信主独一、礼拜封斋、完纳天课，是为穆斯林信仰、功修和责任；此为基本，其余自悟引申开去，足矣！

经云：真主不欲使你们烦难，但他欲使你们清洁，并完成他所赐你们的恩典，以便你们感谢。

如“艾利夫”，如“1”。

孤独的抵抗者

阅读张承志，并跟踪他的思想，是从《心灵史》开始的。

之前，他还有《北方的河》《黑骏马》等，我都没有读完过。那时的张承志，是一个敏感和激情的作家，与我的生活跟体验没有多少联系。个人以为，《心灵史》是张承志写作的一道分水岭，之前和以后，土地虽是一样的，但景象却截然不同。

读《心灵史》时，我才二十多岁，正是激情燃烧的岁月。心潮会随着阅读的深入而波澜起伏，有时甚至无法自制。原来也有这样的文字，原来也有这样的史笔。始读的震撼留在心底的印记，至今仍没有抹去。之后，他的数十篇随笔散文和小说，能找到的，我几乎一一读过。也买来送给朋友，或者受赠于友人。书架上有了张承志的著作，看上去也肃穆和有分量了许多。张承志的写作，纵横恣肆，如灵魂呐喊，似热血喷薄，捶击心灵，拷问生命。这样畅快淋漓、运笔如风、内涵独到又工于修辞的文字，似有百家痕迹、韩柳遗风，使人对于“文以载道”的文章品格和文人道德，感同身受。他的文采及文品在当今中国文坛，似无出其右者，这是我的看法。即便是《西省暗杀考》这样的小说，其埋伏着的血性，也会使一大堆武侠作品黯然失色。那种隐隐的陌生的、却又能唤起共鸣使人渴望接近的意气是从哪里来的呢？看过《清洁的精神》之后，明白了这种精神的源泉，那就是在当今已成绝响的侠和士的气节，是一种上古精神。

张承志就是一个生活在电子时代的古人。从《心灵史》开始到《清洁的精神》《以笔为旗》《一册山河》《谁是胜者》，张承志走在荒芜的英雄路上。他几乎没有同志，或者他孤傲不群特行独立的精神使其对是否还有同道不加在意。他的身上始终存在着一种反叛的精神，无论是非曲直，仅是对这种精神的坚持在当今社会就已显得难能可贵。面对世界资本主义的狂潮，面对国际霸权和弱者失音的语境，他敢于做一个人的抗争。这种孤独的抵抗，这种侠士气概，令许多白脸精英灰头土脸，狼狈不堪。对人生的勇于承担和对社会的尖锐批判是真正的“左派”，张承志独擎着这面旗帜，固执于崇高文学的荒芜路上，抗击着世俗，抗击着潮流。然而，“清洁的精神”“他者的关怀”已然成高山流水，在当代已没有一丝一缕的余音。张承志只能是一个悲壮的英雄。这个社会也在标榜“公平和正义”，然而达到这个目标的路径却是弱肉强食、适者生存的丛林法则。有法则总比没有法则强，不然的话，社会肯定就乱了，“大人们”这样说。

“革命”一词，近些年少见了。这缘于它的对应词“反革命”已经从法律条文中删去。如此一来，“革命”就成了堂·吉诃德手中的长矛，没有了攻击的对象；这一招之功效，犹如武林中的化骨绵掌，膳食房里的釜底抽薪，御敌于无影无形，十分了得。然而魔鬼总还是存在的，它有时也假扮成风车，无辜地立在那里，引得堂骑士一遍一遍地攻击。世人在这场战斗中，收获的多半是娱乐；真正的战士，感受的却是悲哀。“风车”多的是诡计和战略，类似的手段，往往都能取得成功。

张承志看穿了这个诡计吗？

他在一次次没有结果的冲击后，站在一处土岗上，持着那杆著名的笔做的旗，稍作喘息。他在思忖，或者放弃，或者再做一次努力。毕竟，人都在变老，战士也有老的时候。曾经的猛士，正在变成一个部落的长老；而面前的世界，并没有因为他的抵抗而变得稍微干净一些，相反，可能更加龌龊和腐朽了。

中国在巨大天灾之后，又迎来一场盛大会事，接着，中国人的脚步滑过太空……一切都像梦幻一般，但这个时代恰恰经常是梦想成真的——大国崛起的曙光已经燃烧在天边。买办代理人、奸细和“自由主义者”发出恶毒的诅咒了，但这减弱不了国家主义和民族主义的沸腾。让我们为胜利欢呼吧！只有很少的人不在击缶的队伍里，这其中就有张承志。缺乏信仰支撑的民族和没有精神支柱的国家能够真正崛起吗？这是个类似哈姆雷特的问题。或许正基于此，才有了这部《敬重与惜别——致日本》。

日本，对于现当代中国人，一向都很敏感，左左右右们以之为界，早就分得十分清楚。如张承志这般陈康旧谷子地翻腾，多数人会不高兴。弄不好，左右的同志都要骂人。

书的封底有这样一段文字：

> 本书是作家张承志总结二十世纪八十年代以来几次居留日本经历的一部心血之作。虽然没有面面俱到，但若干章节勾勒了中国读者渴望了解的一些日本历史文化梗概；尽管时而披沥胸臆，但独自的体验里，凝结着对天下大势的估计。不同于往昔的名人旅日谭，也不同于当今的学者论文集，虽是一册散文，但力求处处考据。此书以良知与自省为武器，把中国同时作为剖析和批判的对象，大声疾呼着历史的大义、国家的和平以及民族精神的升华。

张承志一向不屑找人给自己的著作写序的。这段文字，一定是那位编辑捉刀。不过，对一部二十万字的书做百余字的概述，能说得这样清楚，很不容易。

本书是散文历史。既不局限于时间顺序，也不拘泥于空间流转。作者遴选了日本近古和近现代的若干人物、事件和遗迹，发散感怀，娓娓道来。比如《三笠公园》和《长崎笔记》两章，就把明治维新到二战结束这段历史说明白了。当然，文中常有后人以及著者的述怀，以使古今有了空间上的联系，这是散文的妙处。《四十七士》是幕府时代的日本，是日本近代文明的前夜，是日本以义理耻勇为信条的武士精神的铸造期。《赤军的女儿》和《解说·信康》两章，则是战后日本左翼力量发轫、成长、高涨和衰退彷徨的历程。可能著者不一定同意我的看法，或者还另有他意，不过我的感觉即是如此。回过头来，第一章《引子：东苏木以东》的含义在第八章《亚细亚的"主义"》被揭示出来，这就是自甲午战争以后开始的日本朝野力量对亚洲的"关注"，这是与"脱亚入欧"完全不同的视野。有殖民和侵略，也有事实上可能存在的悲悯。《文学的"惜别"》和第九章《束尾：红叶做纸》则描画了中日文化和情感上的深层纠葛，如红叶经霜，有一种凄惨的宿命。

作为同文同种的东亚邻居、兄弟，中日两国百年恩仇，不是人能说清楚的事。在迈向现代的进程中，日本先于中国一步。在某一阶段，日本甚至还有非常狂妄的梦想，那就是做一个世界数一数二的大国、强国。当然，日本的大国梦破灭了。那种依靠奴役他人强壮自己并在强大后继续剥夺他人幸福的梦想，被一个更强大的力量终止了，成为一枕黄粱。这是所有带着疯狂念想的人和国家的前定。

你们的强者与胜利的理论失败了。唯有经过了一次人间炼狱般地惨败，你们才能懂得——除了真理，没有胜者——的理论。冥冥之中的、强大无限的主宰，不会允许一个断绝他人希望的大国梦；不会成全一种践踏他人尊严与生存的民族前景。若是从黑船逼迫开国、民族选择霸道以来计算，日本的大国梦，不过仅仅做了不足百年。伟大的日本精神，令人憧憬的日本精神，不是被原子弹、不是被黑铁或物质的凶器，而是被精神打败了。在历史的真理和永恒的道德面前，日本失败了。

是的，日本的近代，教我懂得了胜利的渺小。无论我们，无论他们，谁都再无别的前途，唯有自尊与敬人。

这段话可以看作是张承志对这部书的概括，是他的人道主义宣言。而他自己，或将仍以笔为旗，继续在孤独的抵抗中。

边缘表达

世纪初的桥网，凝聚了一批穆斯林中青年写手，成为一块热闹的园地。石彦伟正是在那个园子里，初露坚硬的笋角。那时他还是个高中生，签名栏的一方小照，圆胖脸，笑眯眯的。网上的兄姊们，认识了"回味香"这个小兄弟。

彦伟勤于写作，且笔力也显出与年龄不相称的老到。最初的几篇怀念故土的文字，极似20世纪30年代海派文风。我那时是桥网原创文学的"斑竹"，职责所在，每每会在其帖子后面跟上几句缀语，花拳绣腿地点评一番。熟料彦伟竟一直记着那段往事，于以后的交往中数次提及，倒使我惭愧不已。

桥网关闭后，兄弟四散。我先后在家园网和中国穆斯林网落脚，继续着网络写作。彦伟临考，有很长时间没有在网上见到。我有时翻出他头年的文章，贴上几行字顶出，指望他看见会跟着过来，然而没有。彦伟再归网络，是在大学期间，也是原创文学已显荒芜的时候。

2007年，已是大学生的彦伟在宁夏西海固拍片，顺道赴疆，参加《回族文学》笔会。是时我们初次见面，小伙子高大生猛，正向东北壮汉发轫。因有数年网络交往垫底，便无须多余客套，已是老熟人一般。我们同室夜谈、景区游历，几天下来，相互认知更增加许多。参加笔会的全国回族作家学者有几十人，楼上楼下住着，彦伟每晚都要找几位登门讨教讨论，已露出不俗的沟通、交流和组织能力。那时我想，此青年若时运相济，定会有一番作为。

与会的回族作家，多是素昧平生；会间高堂阔论，无外艺术前沿、哲学后殿和唯物史观的方方面面。及至主麻日，真主便使他们分成礼拜和未礼拜的两伙人。彦伟是在礼拜的那伙里，由此我也更真切地喜爱这个小兄弟。

不久彦伟传来好消息，他考进了《民族文学》编辑部。

以后我数次出差北京，工作之余，总要和他约在一处，谈天说地、清真茶饭，享受着真主恩赐的恬淡时光。那段时间他忙于一份穆斯林期刊的编务，骑着单车，从京城的这头到那头，参加聚会、讨论、约稿和访谈。我们虽有十数年的年龄差距，却很投缘。即使在昌吉的街边小店闲坐，我也能巧遇他虎虎地从窗前大步经过。那是他第二次来疆参加回族文学笔会，我在昌吉拍专题片，傍晚相遇，就参与了他组织的一次小范围的信仰文学讨论。彦伟的空间始终是充实的，凭着青年的旺盛精力和体力，践行着端庄的举意。

这些年，彦伟的文章经常冲撞我的眼球。有时在网络，有时在邮局送来的期刊上，或者还会在故乡亲戚的炕头、那本没了封面卷着页脚的杂志里。阅读他的文字，每回都能带来一些新奇，揭示那个壮硕身躯之后的故事，让我了解他、认识他，并感动于他。

关东西域，占着鸡头鸡尾，地域不同，人生也各有精彩之处。彦伟是中原闯关东者的后人，探故寻根，是他最初几篇散文的主题。《情湿故乡》《运河枯荣》《残花时节》都层递传达着一种心绪——初识故土的忐忑与游子近乡的情怯！笔端情真意切，了然于心。虽是个人的寻根，也是民族的寻根，更是信仰的寻根。对西北回民来说，找到自己的精神家园或许还较容易，有时一声“色俩目”就够了。然而对于中原乃至关外的教胞，却不是件易事，常常是满腔热忱得不到回应，极度渴望换来的只是寂寥怅然。在彦伟的文字中，能读出湮没在故事里的浓重怅然，看见一些在门外迟疑的身影，分离又交错。

在中国各个历史时期，回族穆斯林大众都基本生活在社会边缘。他们在苦海里挣命，靠坚忍，有时可能是极端的方式维持着自身在边缘社会的存在。回族已经学会了一个村庄乃至单门独院的封闭自存，他们是所有时代的另类。这种边缘生活的经验，如今已具备了生物功能，可以辈辈遗传，变成每一代回族知识人必须咀嚼的夜宵。如果没有完全融入到汉文化中，如果仅在外部审视和触摸自己的民族母体，那么他所感受的隔阂绝不会只像一层衣裳那样单薄。彦伟已经表达出了，用旧时文人那种无奈伤感的笔钩，解着更远时代传承下来的情结。

回族文化人都有这种深刻的边缘感：或是置身于本民族圈中，试图与主流沟通、对话而受到的冷遇；或是漂泊在主流里，向着母族岛礁招手回眸而未获回应——没有例外的，因为我们使用的口语和文字无法让我们在岸边自言自语、自弹自唱。

彦伟笔下，中国大陆东北、西北、东南和中原的回族都有描述，各有不同。尤其用情在石姓家族，祖父母、父母和自己，亲情、族情朴真自然；皈依的路线埋在几篇文中，随着阅读，渐渐分明了，使人信服之外，也不免感慨。我情愿把彦伟的散文当作情感日记来阅读，晃动于字里行间的往往就是我所熟悉的身影。我知道这不是真正的阅读，更不是品味文学，因为总让真实挤满思维空间，没有为想象留下一点发挥魅力的余地。

记得那年，彦伟决定报考杂志社文学编辑时，我对他有过劝告，觉着他放弃自己所学的影视编导专业而转向看不出多少前景的文学很可惜。当时我因单位职能所需，半路出家，正在电视纪录片导演业务上起步。私下想，有个科班出身的兄弟在这个行道里，经常能讨教一二，或得些便当收益。彦伟虽神色欣悦，却不为所动。那时我还不察他的举意和决断，现在看来，早在他请阿訇为自己写下“赛义德”这个经名时，眼前就有了一座峻伟山峰的影子。

边缘社会也是人的社会，也要有自己的声音。中国穆斯林需要表达，中国穆斯林一定要有表达者。但凭真主的意欲，就让“赛义德”们见世吧！

（原载2011年10月21日《贵州民族报》）